Eine zauberhafte Begegnung

und andere (un)wahre Geschichten

Alle Rechte liegen bei der Autorin
Elke Schierenbeck
Postfach 1208
78196 Bräunlingen

Umschlagsphoto: Katzer, München
Herstellung: Libri Books on Demand
ISBN 3-8311-0932-X

Inhalt

Die Reise zum Sternenhimmel

"Herr Steininger! Herr Steininger, wachen Sie auf", der Arzt beugte sich über den Patienten, "Herr Steininger, hören Sie mich?"

Mühsam öffnete der Kranke die Augen. "Meinen Sie mich?" flüsterte er.

Der Arzt schaute irritiert auf das Krankenblatt. "Ja, heißen Sie nicht Wolfgang Steininger?" fragte er verwundert.

Der Kranke lächelte, und weil die Zunge wegen einer großen Zahnlücke beim Sprechen keinen Widerstand fand, lispelte er: "Hatte ick glatt vergessen, so lange habe ick den Namen nicht mehr gehört. Mich nennen alle Bruno. Wat issen passiert?"

"Ich bin Doktor Fuhrmann." Der Arzt schob die Decke vom Krankenbett ein wenig zur Mitte und setzte sich auf die Kante. "Man hat Sie vor zwei Tagen überfallen und sehr übel zugerichtet. Eine alte Dame fand Sie bewußtlos im Schnee und rief gleich die Feuerwehr, und die brachte Sie zu uns ins Urban-Krankenhaus. Außer einigen Rippenbrüchen haben Sie eine schwere Gehirnerschütterung und werden sicher eine Weile ruhig im Bett liegen müssen."

"Im Bett", wiederholte Bruno träumerisch, "wie lange ist es her, seit ich in einem richtigen Bett geschlafen habe."

Dr. Fuhrmann sah den Kranken mitleidig an. "In der nächsten Zeit ist Ihnen dieses Quartier sicher, Herr Steininger."

"Bitte sagen Sie Bruno, Herr Doktor, dann fühl ick mich nich so fremd hier."

"Wie Sie wollen, Bruno, versuchen Sie jetzt, ein bißchen zu schlafen. Ich sehe später noch einmal nach Ihnen." Der junge Stationsarzt nickte dem Patienten aufmunternd zu und verließ das Krankenzimmer.

Bruno wartete bis die Tür ins Schloß gefallen war, ehe er verschämt die Bettdecke lupfte. Ein grünliches Nachtgewand umhüllte seinen mageren Körper, und die Füße waren gewaschen. Er betastete sein Gesicht. Nein, den Bart hatten sie ihm nicht abrasiert.

Neugierig sah er sich im Zimmer um. Ein zweites Bett war frisch bezogen, aber leer. Die schneeweißen Vorhänge vor dem Fenster waren zugezogen. Wie sauber alles war und wie warm. Wenn ihm nur nicht so elend wäre. Sein Kopf schmerzte, als würden Handwerkerkolonnen hinter seiner Stirn einen ganzen Stadtteil sanieren.

"Guten Tag, Herr Steininger".

Beim Klang der hellen Stimme fuhr er zusammen. Er hatte das Öffnen der Tür nicht gehört und schaute nun erschreckt auf das junge Mädchen in weißer Schwesterntracht, die Haube mit Klemmen am blonden Haar befestigt.

"Ich bin Schwester Kathie. Damit Ihre Schmerzen Sie nicht plagen und Sie heute Nacht ungestört schlafen können, gebe ich Ihnen jetzt zwei Tabletten. Hier, trinken Sie etwas Wasser hinterher."

"Lieber hätte ick ´ne Pulle Rotwein, Schwester."

Kathie lachte. "Da müßten Sie schon den Papst zum Schwager haben, ehe Sie die erhielten", sagte sie und stellte das Glas auf dem Nachttisch ab.

"So, nachher bringe ich Ihnen noch das Abendbrot." Sie ließ ihn allein.

Die Tabletten schienen schnell zu wirken. Bruno versuchte, sich gegen den Schlaf zu wehren, gegen die Träume, die ihn ständig heimsuchten. Die schwarzgekleidete, überlebensgroße Gestalten über seine Bettdecke kriechen ließen, um ihm mit teuflischen Fratzen Angst einzujagen.

Da! Da waren sie schon! Wie riesige Fledermäuse huschten sie durch das Zimmer. Doch heute schienen sie nicht die Absicht zu haben, ihn zu quälen. Er spürte, wie knorrige Finger ihn berührten, sacht über seine Arme strichen und erkannte schemenhaft seine Eltern. Aber als er den Mund öffnete und zu ihnen sprechen wollte, wurden sie energisch von einer verschleierten Person beiseite geschoben. Ehe er protestieren konnte, entblößte sie ihr Gesicht. Es war Lydia, seine geschiedene Frau.

"Was willst du hier", knurrte er böse. "Bist du nicht zufrieden mit dem, was du angerichtet hast?"

Lydia blieb stumm.

"Verschwinde, geh zurück zu deinem Liebhaber!" Er streckte abwehrend die Hand aus. "Lacht ruhig weiter über den beknackten Steininger, der zu naiv war, euer schändliches Spiel rechtzeitig zu durchschauen."

Lydia ergriff seine Hand und drückte sie wortlos. Er ließ es geschehen, aber seine Stimme zitterte, als er weitersprach:

"Es war deine Schuld, daß ich anfing zu trinken. Ausgerechnet Wolfram hast du dir ausgesucht, meinen besten Freund." Er weinte jetzt hemmunslos.

"Geh weg", schrie er, "du siehst doch, wie schlecht es mir geht."

Lydias Gesicht verblaßte und wurde durchsichtig wie eine Nebelzeichnung, aber die quälenden Erinnerungen blieben lebendig. Schadenfroh wirbelten sie wie ein Kettenkaroussel um sein Bett.

"Laßt mich in Ruhe", brüllte er, "ihr habt meine Seele getötet." Er erwachte vom Klang seiner Stimme und sah sich angstvoll um. Aber es war nur ein Traum. Er war glücklich mit ihr gewesen. Und ahnungslos.

Wieviele Jahre waren seit damals vergangen? Zehn Jahre? Fünfzehn Jahre? Lydia war es, die ihm zugeredet hatte, dieses verdammte Fortbildungsseminar zu besuchen. Und wenn nicht der dumme Unfall mit dem gebrochenen Daumen gewesen wäre, hätte er nie von ihrem Verhältnis erfahren. In seinem eigenen Bett hatte er sie erwischt. Es tröstete ihn später auch nicht, daß er Wolframs Sachen aus dem Fenster geworfen hatte, und der nackend den Nachbarn um einen Bademantel bitten mußte.

Ihn, Wolfgang Steininger, hatte dieser Verrat völlig aus der Bahn geworfen. Der Weg vom gelegentlichen Rausch zum Suff vollzog sich fast übergangslos. Lydia zog aus der gemeinsamen Wohnung aus, und bald verging kein Tag, an dem er nicht mit einer Alkoholfahne vor seinen Schülern stand. Einmal erschien er sogar total betrunken zum Unterricht. Ein Kollege brachte ihn stillschweigend nach Hause. Vielleicht wäre er noch einmal mit einer Verwarnung davongekommen, wenn er nicht am Nachmittag in der Schule angerufen hätte:

"Hier Steininger, ich kann heute nicht kommen. Ich bin erkältet."

Die Geduld des Rektors war zu Ende, man entließ ihn fristlos aus dem Schuldienst. Nicht lange danach erhielt er die Kündigung von seinem Hauswirt. An jenem Tag soff er bis zur Bewußtlosigkeit, und als er danach auf einer Parkbank erwachte, lernte er Alfred kennen. Alfred, der durch den Suff Arztpraxis und Familie verloren hatte und schon drei Jahre unter freiem Himmel lebte. Der wußte genau, wovon er sprach.

"Mensch, du hast noch eine Chance", beschwor er ihn, "du bist noch nicht vom Alkohol abhängig wie ich und jung genug, noch einmal von vorn anzufangen."

Steininger hatte nur höhnisch gelacht.

"Was weißt du schon", hatte er geantwortet und voller Wut und Hilflosigkeit mit den Fäusten auf die Bank getrommelt.

Alfred hatte verstanden.

"Na, schön, komm` mit." Fast eine Stunde dauerte die Fahrt, bis der Bummelzug an einem finsteren Bahnhof hielt.

"Wir sind da."

Gleich neben den Bahngleisen stand eine verlassene Fabrikhalle mit bröckelnder Fassade. Die Tür quietschte in verrosteten Angeln, und durch zerschlagene Fensterscheiben pfiff der Wind. Trockenes Laub wirbelte knisternd durch die Luft und sammelte sich in den Ecken, in denen Männer und Frauen in Decken gehüllt auf Matratzen hockten und eine Flasche Fusel kreisen ließen.

"Na, Alf, haste `n neuet Mitglied für die Wohngemeinschaft angeworben?" hatten sie grinsend gefragt.

Alfred nickte. "Das ist ...., wie heißt du eigentlich?"

"Bruno", sagte Steininger rasch und beschloß, seinen richtigen Namen für immer zu vergessen. Bis heute. Er stöhnte.

Dr. Fuhrmann hatte unbemerkt das Zimmer betreten. "Haben Sie Schmerzen?"

Bruno schreckte aus seinen Gedanken. "Nee, ick habe Angst vor Gespenstern. Die hatten mir gerade einen Besuch abgestattet."

Dr. Fuhrmann sah an seinem Patienten vorbei und schien Brunos Bemerkung überhört zu haben. Er holte einen Stuhl und schob ihn dicht ans Krankenbett. "Ich muß Ihnen etwas sagen, Bruno. Und das fällt mir nicht leicht."

"Nur raus mit der Sprache, Doktor, ick muß Ihnen auch wat sagen, det fällt mir aber nicht schwer."

"Herr Steininger, ääh, Bruno, wir haben festgestellt, daß sich in Ihrer Leber ein Tumor befindet, und auch im Magen. Kommt wohl von Ihrem unregelmäßigen Leben." Der Arzt faßte nach Brunos Hand. "Wir werden operieren müssen. Und bestrahlen. Aber es ist die einzige Chance, Sie noch ein paar Jährchen am Leben zu erhalten. Warum lachen Sie? Haben Sie mich nicht verstanden?"

"Doch", nickte Bruno und wurde ernst. "Aber mich operiert keener, Herr Doktor, nur über meene Leiche."

Der Arzt schaute Bruno mitleidig an. "Wir reden morgen noch einmal darüber", sagte er leise.

"Da gibt es nischt mehr zu bereden. Wissen Se, Doktor, mir müssen Se nischt vormachen, ick kann nämlich in Gesichtern lesen. Kampiere schon zu lange uff der Straße. Und wenigstens weeß ick, wovon ick die Krankheit habe. Andre schlafen immer im Himmelbettchen und müssen viel eher sterben. Nee, nee, an mir lass`ick nicht mehr rumschnippeln."

Der Arzt stand auf. "Wenn ich irgendetwas für Sie tun kann oder Sie Ihre Meinung ändern, dann sagen Sie es mir, ja?"

"Na prompt können Sie wat für mich tun. Sagte ick Ihnen vorhin schon. Ick würde gerne `ne Flasche Kullefuzke mein eigen nennen, die habe ick mir nach dieser Hiobsbotschaft ooch verdient."

"Aber das wäre....", der Arzt verstummte, ja, was wäre das? Menschlich wäre es. "Bewilligt, Bruno, aber Sie dürfen keiner Menschenseele davon erzählen, ich würde großen Ärger bekommen."

"Versprochen, Doktor."

"Ich bringe Ihnen die Flasche, wenn Schwester Kathie abgelöst ist." Der Arzt ging. *Soll der arme Kerl doch trinken,* dachte er auf dem Weg zu seinem Dienstzimmer, *die letzten Jahre müssen furchtbar für ihn gewesen sein. Zuerst das Vegetieren auf der Straße, dann der Überfall und nun die tödliche Krankheit, für die es ohnehin keine Heilung gab.*

Bruno war froh, als er allein war und niemand sah, daß seine Augen feucht wurden. Blödmann, hast so lange nicht geheult. Das letzte Mal, als Alfred ihm seinen dicken Lammpelz verehrte, ehe er den Löffel abgab. Es war bitterkalt, aber Alfred ließ nicht locker, bis Bruno den Mantel angezogen hatte. Und dann verließ er die Bühne. Und nun war die Reihe an ihm. Grund zur Traurigkeit? *Mensch, Bruno, besinn` dich.*

Schwester Kathie brachte ihm eine Tasse Tee und ein appetitlich hergerichtetes Wurstbrötchen. "Wie fühlen Sie sich, Herr Bruno?" erkundigte sie sich teilnahmsvoll.

"Besser, Schwester Kathie, werden Sie bald abgelöst?"

"Warum fragen Sie?" wunderte sich Kathie.

"Ich wollte nur wissen, wie spät es ist."

"Gleich acht, in einer halben Stunde habe ich Feierabend."

"Na, dann ist ja gut, auf Wiedersehen, Schwester."

"Auf Wiedersehen, Herr Bruno", kopfschüttelnd verließ Kathie das Zimmer.

Er schloß die Augen und wartete. Die Minuten schlichen. Es schien ewig zu dauern, bis es endlich klopfte und der Arzt eintrat. Mit Genugtuung bemerkte Bruno die dicke Ausbuchtung unter dem weißen Kittel.

"Hier, Bruno, aber seien Sie vorsichtig, ich habe den Verschluß nur lose zugedreht."

"Vielen Dank, Doktor", Bruno griff nach der Flasche und wollte sie hastig an die Lippen führen, aber seine Hände zitterten so stark, daß er Angst hatte, die Hälfte zu verschütten. Doktor Fuhrmann half ihm. Bruno trank einen tiefen Schluck, und das Zittern hörte auf.

"Aah, der ist gut", schwärmte er und schaute auf das Etikett. "Das ist ja Cognac vom Feinsten", sagte er anerkennend, "den kenne ich nur von Plakaten. Schmeckt großartig. Prost Doktor, auf Ihre Gesundheit."

"Prost, Bruno, schlafen Sie gut." Der Arzt zog leise die Tür hinter sich zu.

Bruno hielt die Flasche unter der Bettdecke fest umschlungen. Alle paar Minuten gönnte er sich einen Schluck. Göttlich schmeckte das Zeug, nicht wie das Panzerwasser, das er sonst immer trank. Wenn ihn jetzt die Kumpels sehen könnten, in dem weißen Linnen, gewaschen und gekämmt. Mit diesem Göttergesöff im Arm!

Seine Kumpels. Blitzschnell meldeten sich die Erinnerungen wieder zu Wort. Als Alfred tot war, hatte er seine leuchtendblauen Plastiksäcke in einem Einkaufswagen verstaut und sein Lager unter der Treppe eines Supermarktes aufgeschlagen. Hinter dichten Sträuchern verborgen, direkt über dem warmen U-Bahnschacht, hauste er unbehelligt. Anfangs mußte er gegen das Mißtrauen der Geschäftsleute ankämpfen, aber später akzeptierten sie seine Anwesenheit, die so manchen Einbrecher abschreckte. Zuweilen steckten sie ihm sogar eine Pulle zu. Oder einen Schein. Vor allen Dingen redeten sie mit ihm wie mit einem normalen Menschen, was besonders wichtig für ihn wurde.

Er hatte sich frei gefühlt auf seiner Bank, an der ständig Menschen vorbeiströmten. Junge, Alte, Sportliche, Behinderte. Und natürlich Kinder. Nervöse Mütter und nörgelnde Väter, die ihre verwöhnten Bälger mit immer neuem Kram beglückten, für den sich die Kinder mit neuen Forderungen bedankten. Er haderte längst nicht mehr mit seinem Schicksal.

Wie oft wollte man ihm einreden, er wäre unglücklich, er müsse einfach unglücklich sein. Man machte Vorschläge. Wieder und wieder. Aber er wollte in kein Heim, in keine Pension, wollte nicht reglementiert werden und sei es nur, daß Haustüren um 22 Uhr verschlossen wurden oder Essenszeiten eingehalten werden mußten. Und natürlich das Alkoholverbot, an das sich zwar niemand hielt, aber wo es schon mit Heimlichkeiten und Lügen begann.

Er brauchte nicht viel zu seiner Zufriedenheit. Und wer hatte schon so viele Sonnenaufgänge gesehen und in klaren Nächten über Gott und die Welt philosophiert? Nein, er bereute nichts. Jetzt nicht mehr.

Der Cognac hatte seine Lebensgeister wieder geweckt. Wohlige Wärme durchströmte seine Glieder und die Schmerzen waren wie weggeblasen. Noch einmal Freiheit spüren und in den Sternenhimmel träumen. Nur noch einmal, es würde ja niemand merken.

Er stieg aus dem Bett, zog den Vorhang zur Seite und öffnete das Fenster. Tief atmete er die kalte Winterluft ein. Es war Vollmond und Millionen Sterne glitzerten, zum Greifen nahe. Sein Körper wurde leicht wie eine Feder. Ein Windhauch genügte, ihn in die Luft zu tragen, und seine Füße berührten den Boden nicht mehr.

Als Doktor Fuhrmann an Brunos Bett trat und das friedliche Gesicht des Toten sah, drückte er ihm behutsam die Augen zu.

"Hast es geschafft, Bruno", sagte er, "jetzt bist du für immer in Sicherheit." Vorsichtig löste er die leere Flasche aus Brunos Händen und strich gedankenverloren die Bettdecke glatt.

"Der ist aber originell!" Manfred Karsunke blieb vor einem dreibeinigen Couchtisch stehen. "Die Form habe ich noch nie gesehen. Er würde gut zu unserer Sitzgruppe passen, was meinst du, Liebling?"

Stella stimmte ihm zu. "Mir gefällt er auch. Sogar der Preis ist günstig."

"Den nehmen wir", sagte Karsunke zu dem herbeigeeilten Verkäufer.

"Wollen Sie ihn gleich mitnehmen? Dann sparen Sie zehn Prozent."

"Warum nicht? In meinem Auto ist Platz genug."

An der Warenausgabe nahm Karsunke ein handliches Paket entgegen. "Ist das alles?" fragte er verdutzt.

Der Lagerarbeiter nickte: "Sie müssen den Tisch selbst zusammenbauen. Aber keine Bange, das ist kinderleicht!"

Stella war skeptisch. "Denk bloß mal an die Schwierigkeiten, die dein Bruder beim Aufstellen seines Schuhschranks hatte. Laß ihn lieber montiert liefern."

"Ach was", wehrte ihr Mann großspurig ab, "schließlich habe ich nicht zwei linke Hände wie Detlef."

Zu Hause öffneten Karsunkes gespannt den Karton. Geschwungene Tischplatte, dickes Standbein und die zierlichen Vorderfüße, alles vorhanden. Aber wo waren die Schrauben?

Karsunke blieb optimistisch. "Ich habe genug Schrauben in meiner Werkzeugkiste!"

Es dauerte jedoch nicht lange, bis er an Stella vorbeistürmte.

"Ich fahre schnell zum Baumarkt, Schrauben kaufen."

Als er wiederkam, zog er ein miesepetriges Gesicht.

"Hatten sie etwa keine Schrauben?" fragte Stella.

"Doch, aber ich mußte eine Großpackung für 12,80 Mark nehmen. Na, egal, Schrauben kann ich immer gebrauchen. So, jetzt kann`s losgehen. Wo ist eigentlich meine Bohrmaschine?"

"Aber Manfred, die hast du doch deinem Bruder geliehen, damit er sie mit seinem Billigprodukt vergleichen kann."

"Auch das noch." Verdrossen ging er zum Telefon. Detlev war zu Hause und wollte die Maschine sofort bringen.

"Nee, nee", wehrte Karsunke ab, "ich hole sie mir."

Er war schnell zurück. Als er die Bohrlöcher anzeichnen wollte, stutzte er. "Stella? Gib mir mal die Montageanleitung. "

Sie suchte vergeblich. "Es ist keine dabei."

"Verflixt! Heute hat sich wohl alles gegen mich verschworen. Weißt du noch, auf welcher Seite der dicke Fuß angeschraubt war?"

"Ich glaube, vorn!"

Aber Karsunke traute Stellas Erinnerungsvermögen nicht so recht. "Wenn ich falsch bohre, können wir den Tisch zum Sperrmüll bringen. Weißt du was? Wir packen den Kram zusammen, fahren zurück zum Möbelhaus und fragen dort."

Stella verkniff sich jeden Kommentar.

Der Kundendienstleiter schaute verständnislos auf die Einzelteile, die Karsunkes vor ihm aufgebaut hatten. "Ist etwas nicht in Ordnung?" fragte er.

"Es ist keine Montageanleitung dabei", sagte Karsunke verlegen.

Der Mann schmunzelte. "Geben Sie mal her, ich mach` das rasch."

Zehn Minuten später war er wieder da. Mit dem fertigen Tisch. Karsunkes atmeten erleichtert auf: "Wirklich - ein ganz ungewöhnliches Stück."

Das fand auch Detlef bei seinem nächsten Besuch. "Der sieht echt Spitze aus! War sicher schwierig, ihn zusammenzubauen."

"I wo, nicht die Bohne", log Karsunke, "es hat keine halbe Stunde gedauert. Aua, du hast gegen mein Schienbein getreten", sagte er empört zu seiner Frau.

Das Versprechen

Eigentlich sah es aus wie ein ganz gewöhnliches Paket. In braunes Packpapier gehüllt und flüchtig mit derber Schnur umwickelt, wurde es zugestellt.

Jens Dallmann hatte es dem Boten abgenommen und es achtlos auf die Flurgarderobe geworfen. Nicht einmal die bunten, fremdländischen Briefmarken, die auf eine lange Reise der Sendung hinwiesen, interessierten ihn.

Während er ein knuspriges Brötchen mit Butter beschmierte und starken, heißen Kaffee in die Tasse goß, kreisten seine Gedanken schon wieder um das Verkaufsgespräch mit den Ingenieuren des japanischen Elektrokonzerns.

Jens war ehrgeizig. Wenn es ihm jetzt gelänge, den Großauftrag an Land zu ziehen, wäre der Sprung in die Geschäftsleitung geschafft. Und dann wäre auch der Tag nicht mehr fern, an dem ein Aufsichtsratposten winkte.

Sogar sein Privatleben hatte er diesem Ziel untergeordnet. Nicht einmal seinem so heißgeliebten Tennisspiel hatte er noch viel Zeit gewidmet, sondern die Stunden zur Weiterbildung genutzt. Außer ein paar flüchtigen Episoden hatten auch Frauen in seinem Leben keine Rolle gespielt. Im Gegenteil! Den Gedanken, Verantwortung für eine Familie oder überhaupt einen anderen Menschen zu übernehmen, hatte er schleunigst im Keim erstickt, ehe er Wurzeln bilden konnte.

Schön, die Kollegen mochten ihn nicht sonderlich und man lud ihn nur ein, wenn es nicht zu umgehen war. Aber damit konnte er gut leben. Nutzte er doch ohnehin diese

Geschäftsessen und Firmenfeiern nur, um Kontakte zu knüpfen, die ihm vielleicht eines Tages von Vorteil sein könnten.

Er war verschlossen und ließ andere nicht in seine Karten schauen. Gab Trümpfe nicht vorzeitig aus der Hand, denn wenn er sie zog, beendeten sie das Spiel sofort zu seinen Gunsten. Und dann kam es vor, daß er hin und wieder gezwungen wurde, einen Joker aus dem Ärmel zu zaubern, damit der Gegner da blieb, wo er hingehörte: auf dem Boden. Auch das heutige Konzept war mit Trümpfen abgesichert und mit Fallstricken gespickt.

Ein Blick auf die Uhr trieb ihn zur Eile. Rasch trank er den letzten Schluck Kaffee, ließ gegen sonstige Gewohnheiten das benutzte Frühstücksgeschirr stehen und wollte gerade die Wohnung verlassen, als sein Blick auf das Paket fiel. Beinahe ungehalten über die Verzögerung riß er die Verpackung ab und starrte verblüfft auf einen ramponierten Turnschuh, schmutzigweiß mit einem halbabgerissenen blauen Seitenstreifen. Zwischen Lasche und Schnürsenkel klemmte ein zerknitterter Zettel. Mühsam entzifferte er die krakelige Handschrift: *Hilf mir. Arne. Motel Enterprise, York/USA.*

Nachdenklich betrachtete Jens den Schuh, und Erinnerungen schoben die vergangenen fünfzehn Jahre in ein Niemandsland. Das Gesicht des Schulfreundes und Gefährten seiner Jugendzeit tauchte schemenhaft, wie mit Weichzeichner fotografiert, vor ihm auf. Arne, der abenteuerlustige Paradiesvogel, der nach dem Abitur den *Mief* der kleinen Stadt nicht mehr ertrug.

"Einmal die Freiheit der Welt spüren", hatte er geschwärmt, "dafür würde ich meine Seele verpfänden." Und dann hinterließ ihm ein entfernter Onkel zehntausend Dollar. Arne hatte sofort sein Bündel geschnürt.

"Wenn das Geld alle ist, komme ich wieder", hatte er den Freund beim Abschied getröstet und wollte sich über dessen niedergeschlagenen Gesichtsausdruck krummlachen. Um die Tränen zu verbergen, hatte Jens in seiner Sporttasche gekramt und schließlich einen Turnschuh hervorgezogen. "Solltest du jemals in Schwierigkeiten sein, schickst du mir den einfach", hatte er verlegen gesagt.

In Gedanken an Arnes sommersprossiges Gesicht mit dem schiefen Eckzahn lächelte Jens versonnen vor sich hin, bis ihm jäh der Grund dieser Nachricht bewußt wurde. Entschlossen stellte er den Schuh weg. *Gleich morgen werde ich ihm Geld überweisen*, nahm er sich vor, *telegrafisch*. Aber jetzt mußte er los. Er nahm hastig seine Aktentasche und eilte ins Büro.

Die Sekretärin begrüßte ihn vorwurfsvoll: "Sie sind spät dran, Herr Dallmann, die Herren warten bereits."

Jens nickte ihr freundlich zu und verschwand im Konferenzzimmer. Die Verhandlungen waren bereits im Gange, und Jens setzte sich schweigend. Gerlach, sein Stellvertreter, führte das Gespräch geschickt und engagiert. Nur flüchtig überlegte Jens, ob Gerlach wohl dazu fähig wäre, ihn, den Vorgesetzten, auszubooten, verwarf den Gedanken aber schnell. Gerlach hatte sich bisher stets loyal und kooperativ gezeigt.

Jens versuchte, Zugang zu dem Gespräch zu finden. Gesprächsfetzen rauschten an ihm vorbei....., *Stückpreise* ...., *Qualitätsmerkmale* ...., *Lieferfristen* ...., *Zahlungsziele* ...., aber je mehr er sich bemühte, den Sinn dieser Begriffe zu erfassen, je mehr verspürte er den Druck im Kopf, als würde eine

Schraubzwinge sein Gehirn auspressen wie einen nassen Schwamm, um klares Denken auszuschalten. Unruhe erfaßte ihn, Beklemmung, die sich nicht abschütteln ließ und die sich von Minute zu Minute steigerte.

Er lehnte sich zurück und schloß die Augen. Stumm formten seine Lippen die Sätze, die man Jungmanagern auf Seminaren beibringt: *Ich bin ganz ruhig......nichts kann meine Konzentration stören.... ich bin ganz ruhig......solltest du jemals in Schwierigkeiten sein......solltest du jemals in Schwierigkeiten sein...... solltest du jemals in Schwierigkeiten sein.....*

Schweißperlen bildeten sich auf seiner Stirn. Was hatte ihn, Jens Dallmann, so verändert, so kaltschnäuzig werden lassen, so unbarmherzig selbstsüchtig? Wann war diese Veränderung eingetreten? Wie konnte es geschehen, daß er im Begriff war, jenes Versprechen mit einer Geldüberweisung einlösen zu wollen? Einen Hilferuf des einzigen Freundes, den er je hatte, zu ignorieren? Der Freund, der jetzt vielleicht in Lebensgefahr.......

Arne brauchte ihn. Diesem Job hier konnte jeder Andere genauso gut vorstehen, Gerlach bewies es soeben. Aber Arne hatte nur ihn, an den er sich in seiner Not wenden konnte. Und er war auf dem besten Wege.....

Wie von einer Riesenfaust gestoßen, schnellte er hoch. "Ich muß weg", murmelte er und stürzte aus dem Zimmer. Ohne sich um die verwunderten Blicke der Leute zu kümmern, stolperte er die Treppen hinunter und raste zum Parkplatz. Mit aufheulendem Motor fuhr er an dem verdutzten Pförtner vorbei. Er achtete kaum auf den Verkehr, nahm sich nicht die Zeit, den Wagen zu verschließen, jagte die Treppen hinauf, und während er wahllos ein paar Kleidungsstücke in die Reisetasche stopfte, telefonierte er schon mit dem Flughafen. Die Maschine nach New York würde in zwei Stunden starten.

"Reservieren Sie mir bitte einen Platz. Und stellen Sie einen Leihwagen in New York bereit", bat er, "ich werde rechtzeitig da sein."

Der Flug erschien ihm endlos. Er ließ das Essen unberührt, nippte nur an dem Pulverkaffee, der lauwarm war wie gewöhnlich und atmete auf, als der Airbus landete und er die sonst so zeitaufwendigen amerikanischen Einreiseformalitäten unbehelligt umgehen durfte.

Er unterschrieb die Papiere für den Leihwagen und ließ sich die Route nach York beschreiben. Aus Angst, wertvolle Zeit durch Verkehrskontrollen zu verlieren, zwang er sich, die vorgeschriebene Geschwindigkeit genau einzuhalten.

Er wußte nicht, wieviel Stunden vergangen waren, als endlich das Ortsschild auftauchte. Jemand erklärte ihm den Weg zum Motel. Beim Anblick der schäbigen Baracke krampfte sich sein Magen zusammen. *Lieber Gott, laß es nicht zu spät sein!* Wann hatte er das letzte Mal gebetet?

Der schmierige Portier nannte ihm Arnes Zimmernummer. Jens hetzte in die angegebene Richtung und stieß, ohne anzuklopfen, die Tür auf. Unerträglicher Gestank strömte ihm entgegen. Auf einer Pritsche, in schmutzige Decken gehüllt, lag Arne. Das ausgemergelte Gesicht mit dunklen, tief in den Höhlen liegenden Augen, erinnerte kaum an den Freund von einst.

Arnes Atem rasselte. "Tag, Kumpel", flüsterte er.

Jens tastete nach Arnes kraftloser Hand, drückte sie fest und sagte erschüttert: "Es wird alles gut, Alter. Ich bringe dich in ein

Krankenhaus und bleibe bei dir. Bis du gesund bist. Ich verspreche es dir."

Behutsam hob er den leichten Körper aus dem Bett und trug ihn zum Auto.

Er schämte sich, weil er so glücklich war.

Der Angeber

"Tag, Vati." Die siebzehnjährige Mareile stürmte ins Wohnzimmer und drückte ihrem Vater einen herzhaften Kuß auf die Stirn. "Stell dir vor, der Sascha Rohde aus meiner Klasse, du weißt doch, der Sohn vom Immobilienfuzzi Rohde, hat zu seinem achtzehnten Geburtstag ein Cabrio bekommen."

Burghard Bruns ließ die Zeitungslektüre sinken und verzog das Gesicht. "Ich denke, der ist schon zweimal sitzengeblieben?"

Mareile lachte schadenfroh. "Sein Alter denkt, mit dem Auto hat er wenigstens Chancen bei den Mädchen."

"Und? Hat er?"

"Wo denkst du hin. Im Gegenteil! Wir lachen uns schlapp, wenn wir sehen, wie der immer mit dem Auto durch die Gegend kurvt und dabei pausenlos telefoniert."

"Was? Ein Handy hat er auch schon?"

"Das ist ja der Witz. Das dachten wir zuerst auch. Aber dann hat Birgit herausbekommen, daß er sich nur einen Trockenrasierer ans Ohr hält."

Herr Bruns schüttelte mißbilligend den Kopf. "Diese Angeberei ist mir zuwider. Aber die hat er von seinem Vater, der prahlte schon während unserer Schulzeit mit der Gangschaltung an seinem Fahrrad, als alle noch mit Rücktritt fuhren. Der Apfel fällt eben nicht weit vom Stamm." Damit war das Gespräch für ihn beendet, er vertiefte sich wieder in die täglichen Börsenberichte.

"Burghard?" Frau Bruns hatte unbemerkt das Zimmer betreten, "die Werkstatt hat angerufen. Der Wagen wird erst in zwei Tagen fertig, aber sie stellen dir ein Ersatzfahrzeug zur

Verfügung. Der Lehrling bringt das Auto vorbei, ach, da kommt er schon."

"Na, wenigstens etwas." Ihr Mann faltete die Zeitung zusammen und ging zur Tür. "Donnerwetter", sagte er anerkennend, "die Werkstatt läßt sich nicht lumpen. Das neueste Modell und sogar ein Sechszylinder."

Der junge Mann reichte ihm Schlüssel und Fahrzeugschein.

"Es ist der Wagen vom Chef", erklärte er, "den verleiht er nur an sehr gute Kunden."

Geschmeichelt zückte Bruns sein Portemonnaie und steckte dem Lehrling einen Schein in die Brusttasche.

"Danke schön, Herr Bruns", sagte der Junge und zog freudestrahlend ab.

"Maria?" rief Burghard seine Frau, "steig ein, wir machen eine Probefahrt."

"Jetzt? Wohin denn?"

"Einfach mal über die Autobahn. Ich habe mir schon immer gewünscht, einmal einen Sechszylinder zu fahren."

"Warum kaufst du dir dann keinen?"

"Na, du bist gut. Weil der viel zu teuer ist." Er öffnete seiner Frau galant die Autotür. Perplex schaute sie ihn an, verkniff sich aber eine spöttische Bemerkung.

Burghard freute sich wie ein Schneekönig. Er schaltete exakt zwischen den Gängen, spielte an sämtlichen Knöpfen und konnte nur mit Mühe gebremst werden, als sich auf der Autobahn schließlich die Tachonadel schwindelerregenden Höhen näherte.

"Du darfst ihn doch zwei Tage behalten", tröstete Maria ihren Mann, als sie zurückkehren mußten, "halt, du bist an unserem Haus vorbeigefahren."

"Ich weiß. Aber ich will nur mal eben die Straße vom Rohde entlangflitzen. Der hat nämlich noch nie so ein teures Auto besessen. Hier ist es. Wenn ich die protzige Villa schon sehe......"

"Aber Burghard, meinst du nicht, daß es albern wirkt, wenn du direkt vor seiner Tür wie wild den Motor aufheulen läßt?"

"Nee, sonst weiß er ja nicht, daß ich einen Sechszylinder fahre."

"Die gute alte Zeit? Wann war die denn deiner Meinung?" fragte meine Mutter ironisch.

Vater versteckte sich grinsend hinter seiner Zeitung. Er wußte, jetzt würden wieder diese endlosen Diskussionen um Schrecken und Wirren der Nachkriegszeiten einsetzen, die sowieso zu nichts führten. Deshalb enthielt er sich auch jeden Kommentars.

Für meine Mutter waren es entbehrungsreiche Jahre mit gefährlichen Hamsterfahrten, knappen Lebensmittelkarten und Öfen ohne Heizmaterial. Aber ich denke an eine wunderbare Kindheit.

Unser Haus hatte die Bombenangriffe unbeschadet überstanden. Das nutzte uns 1948 allerdings nicht viel. Vater war in Kriegsgefangenschaft, und Mutter konnte die Miete für unsere sonnige Wohnung mit Bad und Balkon nicht mehr bezahlen. Wir zogen in den ´Kiez`, wie man in Berlin die bevölkerungsreichsten, ärmlichen Bezirke nennt. In eine Einzimmerbehausung mit Außentoilette.

Trotz des wackeligen Feldbettes, das abends für mich in der Küche aufgeschlagen wurde, fand ich mich schnell mit den veränderten Verhältnissen ab. Eine Badewanne vermißte ich nicht, ich wusch mich ohnehin nur unter Androhung von Strafe. Aber der Weg zur Außentoilette, die zwischen viertem Stock und Trockenboden lag und bei Dunkelheit mit einer flackernden Kerze beleuchtet werden mußte, wurde für mich zum Alptraum. Oder besser gesagt: für meine Mutter. Ich hatte nämlich nicht die geringsten Skrupel, sie nachts aufzufordern, mich auf diesem Ausflug zu begleiten.

Das zweite Problem war die ablehnende, feindselige Haltung der rotzfrechen Kinder von der Straße. Sehnsüchtig schaute ich ihnen zu, wenn sie dicke Kreidelinien auf das Pflaster malten und mit Knopfketten Hopse spielten oder bunte Murmeln in Sandlöcher schoben. Ein dürres Mädchen mit feuerroten Haaren und Sommersprossen schien die Anführerin zu sein, denn der schrillen Stimme und dem dreisten Befehlston folgten die anderen Kinder ohne zu murren.

Mich beachteten sie nicht. Nur einmal riefen sie mir gehässig zu: "Wat kiekste so, haste noch keen Menschen gesehn?"

Erbittert rannte ich die vier Treppen hoch und heulte: "Die wollen nicht mit mir spielen."

Mutter hatte getröstet: "Du mußt Geduld haben, dann kommt alles ins Lot."

Und sie behielt recht. Eines Tages war meine Einsamkeit schlagartig beendet. Lissi, die Rothaarige, hockte im Rinnstein und langweilte sich. Mit meiner Puppe im Arm schlenderte ich an ihr vorbei und würdigte sie keines Blickes. Das Wunder geschah:

"Komm` mal her, du blöde Kuh", blökte sie mir hinterher.

Scheinbar überrascht drehte ich mich um: "Meinst du mich?"

"Na, wem denn sonst. `N andern kann ick momentan nich sehn", grummelte sie im Berliner Dialekt. Ich ließ mir das nicht zweimal sagen.

"Zeig` mal deine Puppe", forderte sie mich auf.

Zögernd reichte ich ihr das kostbare Stück. Spielzeug war Mangelware, und meine Mutter hatte auf dem Schwarzmarkt ihren Ehering dafür geopfert.

Aber Lissi nahm die Puppe behutsam in den Arm. "Die hat sogar Schlafaugen", rief sie entzückt. "Wie heißt sie denn?"

"Jule", sagte ich schüchtern.

Der Bann war gebrochen. Lissi machte ihren Gefährten unmißverständlich klar: "Die jehört jetzt zu uns. Wer wat dagegen hat, kriegt wat uff die Fresse."

Ich war glücklich. Im Gegensatz zu meiner Mutter, die sich täglich über die rüden Ausdrücke beschwerte, mit denen ich meinen Wortschatz anreicherte.

Meine neue Freundin bewohnte mit Eltern und neun Geschwistern eine Zweizimmerwohnung im Souterrain des Hinterhauses. Einmal zeigte sie mir ihre Schlafecke und wollte sich ausschütten vor Lachen über mein entsetztes Gesicht. Von da an hielt ich unsere Wohnsituation für völlig ausreichend.

Unsere Freiheit war grenzenlos. Die Straße gehörte uns, denn von den wenigen Autos, die es gab, verirrte sich selten eins in unsere Gegend. Als "Völkerball" diente uns ein Bündel zusammengeknoteter Lumpen, das sich schnell in seine Bestandteile auflöste. Dann vergaßen wir, daß wir dem feisten Sohn vom Hauswirt "dicke, fette Arschboulette" nachgerufen hatten und forderten ihn auf, mitzuspielen. Er besaß nämlich den einzigen richtigen Ball.

Jeder Tag bescherte uns ein neues Abenteuer. In den Ruinen ausgebombter Häuser spielten wir "Verstecken" oder "Räuber und Gendarm". Die Jungen tauschten Zigarettenschachteln von Zuban und Josetti gegen Holztriesel oder Murmeln, und die Mädchen sammelten Oblaten in einem Steckalbum, das aus gefalteten Seiten eines benutzten Schreibheftes bestand.

Neid kannten wir nicht. Alle waren arm, und kein Fernseher erzählte uns von Reichtum und Luxus und Reisen in die weite Welt.

Zur Schule ging ich gern, aber es fiel mir schwer, stillzusitzen. Zuweilen bekam ich den Rohrstock zu spüren. Schnelle, schmerzhafte Schläge auf den Handrücken. Verschreckt verfolgten dann vierzig Kinder jede Bewegung des Lehrers, stumm mitleidend und froh, selbst davongekommen zu sein. Wenn das Klingelzeichen das Ende der Stunde anzeigte, hatte ich den Vorfall wieder vergessen.

Die Währungsreform veränderte das Leben im Kiez nicht. Vier Jahre dauerte diese Kindheit, die mich lehrte, wie wenig der Mensch zu seiner Zufriedenheit braucht. Längst sind die Altbauten modernen Hochhäusern gewichen. Mit Bad und Zentralheizung. Die Ziele der Menschen wandelten sich. Wünsche und Träume schraubten sich in oft unerreichbare Höhen, aber sind die Menschen glücklicher geworden?

Gestern kochte meine Mutter die damals heißgeliebte Brotsuppe. Sie schmeckte mir nicht.

Gudrun und Gernot Mühlmann waren fast fünfundzwanzig Jahre verheiratet, und bisher hatte es nie große Probleme in ihrer Ehe gegeben. Aber seit Tochter Jessica in eine eigene Wohnung gezogen war, wurde Gernot von seiner Frau mehr oder weniger diplomatisch aufgefordert, endlich ein Fernsehgerät anzuschaffen. Gernot ließ sich nicht erweichen, und seine strikte Weigerung entfachte den ersten bösen Streit zwischen den Eheleuten.

"So lange ich am Leben bin, und das werden hoffentlich noch einige Jährchen sein, kommt kein Fernseher ins Haus", polterte er, "meine Kollegen ärgern sich schon genug über Wiederholungen und amerikanische Schinken mit ständigen Werbeeinblendungen. Nee, nee, schlag` dir das aus dem Kopf."

Gudrun zwang sich, ruhig zu bleiben. "Wir müssen doch nicht jeden Tag fernsehen, nur mal Nachrichten oder einen dieser putzigen Tierfilme. Ich verstehe nicht, warum du wegen deiner Prinzipienreiterei unseren Ehefrieden gefährdest."

"Ich gefährde unseren Ehefrieden? Höre ich recht? Willst du damit sagen, daß deine Zufriedenheit von einer Glotze abhängt? Wenn du fernsehen willst, kannst du deine Schwester besuchen, die sitzt den ganzen Tag vor der Röhre." Wütend riß Mühlmann seinen Mantel vom Haken und knallte die Haustür hinter sich zu.

Gudrun stiegen vor Wut die Tränen in die Augen. In sechs Wochen würden sie Silberhochzeit feiern und nun ....

Silberhochzeit! Daß sie daran nicht eher gedacht hatte! Unverzüglich holte sie den dicken Versandhauskatalog aus dem

Regal, suchte ein mittelteures Gerät aus und zögerte beim Ausfüllen des Bestellscheins keine Sekunde: Unter *Auftraggeber* trug sie säuberlich "Johannes Klewer" ein. Ihr Vater würde sicher Verständnis für die Notlüge aufbringen.

Vorsichtshalber rief sie aber bei ihm an und erzählte von dem kleinen Trick, der das häusliche Glück wieder ins Lot rücken sollte. Johannes Klewer brach in schallendes Gelächter aus.

"Ich weiß nicht, was es da zu lachen gibt", sagte Gudrun ungehalten.

Der alte Herr japste nach Luft. "Ich stelle mir gerade das Gesicht des Sachbearbeiters vom Versandhaus vor, wenn der Aufträge für vier verschiedene Fernseher erhält, die alle an meine Adresse geliefert werden sollen", prustete er, "der muß an meinem Verstand zweifeln."

"Wieso vier?"

"Na ja, einen Fernseher wollte ich euch zur Silberhochzeit schenken, damit euer Dauerstreit endlich beendet wird. Die gleiche Idee hatte Jessica. Aber weil sie ein Donnerwetter ihres Vaters befürchtete, benutzte sie ebenfalls meinen Namen. Und das dritte Gerät hast du bestellt."

"Und von wem ist die vierte Bestellung?"

"Das ahnst du nie. Von Gernot. Er rief gestern an, druckste zuerst herum und dann bekannte er Farbe."

Gudrun jubelte. "Da siehst du mal, er wollte mir doch meinen größten Wunsch erfüllen."

Einen Augenblick war es ruhig in der Leitung. "Hm, ich will dir die Freude über sein selbstloses Geschenk zwar nicht verderben, aber er dachte wohl mehr an die Fußballweltmeisterschaft."

Gudrun schwieg enttäuscht. Dann lachte sie.

"Beim Endspiel zählt auch kein Unentschieden, Vater, sondern nur Sieg oder Niederlage."

Vor einem Jahr erfüllte sich unser Traum: Wir zogen aufs Land. In ein rotgeklinkertes Einfamilienhaus mit einem Garten, dessen Grünfläche aussah wie eine Wiese. Im Gegensatz zum gepflegten Rasen unserer Nachbarn.

Boisenbergs bewohnten das Haus nebenan, nur durch eine niedrige Hecke von unserem Grundstück getrennt. Ältere Leute um die fünfzig. Er war Kassierer der örtlichen Sparkasse, hager und grauhaarig, auch während der Gartenarbeit stets korrekt gekleidet. Zwar nicht mit Anzug und Krawatte, aber doch so, daß überraschender Besuch ihn nicht in Verlegenheit bringen würde. Seine Frau war eher ein damenhafter Typ, fast elegant, mit naturblondem Haar und harmonischen Bewegungen.

Wir hätten das Ehepaar gern einmal eingeladen, aber es gelang uns einfach nicht, den unsichtbaren Graben zu überwinden, den beide, bewußt oder unbewußt, um ihr Grundstück gezogen hatten. Einmal, als Herr Boisenberg pedantisch die Ränder seines Rasens mit einer Schere frisierte, rief ich ihm zu:

"Guten Tag, schönes Wetter heute."

Er lächelte verhalten und sagte nur: "Ja, ja." Damit war das Gespräch auch schon beendet.

Sie lebten sehr zurückgezogen, winkten uns aber freundlich zu, wenn sie sich auf der Terrasse sonnten. Ihre Liegestühle standen dann stets an derselben Stelle, einer dicht neben dem anderen. So dicht, daß sich die Armlehnen beider Stühle berührten.

Ein halbes Jahr ging ins Land. Der Altweibersommer färbte das Laub bunt, und die letzten Sonnenstrahlen lockten zum Frühstück im Garten. Automatisch schaute ich zur Villa nebenan. Irgendetwas schien mir verändert. Ja, das war`s! Die Liegestühle der Nachbarn waren verschwunden. Überhaupt wirkte das Haus seltsam verlassen, sogar die Markise war eingerollt. *Vielleicht sind sie verreist*, dachte ich und goß Kaffee in die Tasse.

"Peter, Frühstück ist fertig!"

Mein Mann betrat frohgelaunt die Terrasse und stutzte:

"Nanu, wo sind denn Boisenbergs Liegestühle abgeblieben?" fragte er verwundert.

"Das habe ich mich auch schon gefragt. Vielleicht sind Boisenbergs in Urlaub gefahren. Was meinst du, wollen wir bei dem schönen Wetter eine Radtour machen?" Wir vergaßen die Nachbarn.

Wie immer verging das Wochenende viel zu schnell, und am Montag begann der alte Trott. Peter fuhr zur Arbeit, und ich radelte in den Ort zum Kolonialwarengeschäft der Hirsebeins. Ich lehnte das Rad gegen die Hauswand und betrat den Laden. Etwa zwanzig Dorfbewohner drängten sich in dem kleinen Raum und diskutierten lebhaft. Auch der Bügermeister war dabei. Ich öffnete den Mund und wollte gerade fragen, ob man heute wohl umsonst einkaufen könnte, als mich Frau Hirsebein entdeckte.

"Grüß` Gott, Frau Sundermann", sagte sie laut.

Schlagartig verstummte das Stimmengewirr und aller Augen richteten sich auf mich.

Frau Hirsebein verlor keine Zeit. "Die Boisenbergs sind doch Ihre Nachbarn, nicht wahr? Stimmt es, daß er im Gefängnis sitzt, weil er Geld unterschlagen hat und seine Frau ihn deshalb verließ? Ich habe ja gleich zu meinem Mann gesagt, Alfred, habe ich gesagt, diese Leute passen nicht in unser Dorf." Beifallheischend blickte sie in die Runde. Die anderen, auch der Bürgermeister, nickten zustimmend, was sie sofort anspornte, weiter zu trompeten:

"Überhaupt, wie die schon aussehen. Und hochnäsig sind sie obendrein."

Entgeistert sah ich sie an, murmelte etwas von "vergessenem Portemonnaie" und verließ fluchtartig das Geschäft. Ich fuhr allerdings nicht sofort nach Hause. Peter hatte nämlich den *Kurier* mit zur Arbeit genommen, so radelte ich zum Gewerbegebiet und besorgte beim Supermarkt zwei Tageszeitungen. Mühsam bezwang ich meine Neugier bis ich zu Hause war und hätte dann beinahe die kurze Notiz überblättert:

Joachim B., 54 Jahre, wurde gestern verhaftet. Er steht im Verdacht, als Kassierer bei der örtlichen Sparkasse jahrelang Geld veruntreut zu haben.

Schockiert ließ ich die Zeitung sinken. *Seine arme Frau, wie mag ihr zu Mute sein,* dachte ich mitleidig. Als ich am Abend mit Peter darüber diskutierte, waren wir beide der Meinung, daß es sich nur um einen Irrtum handeln konnte. Sicher würde die Presse die Nachricht bald dementieren.

Während der nächsten Tage suchte ich vergeblich nach einer entsprechenden Meldung. Dafür überschlugen sich die Gerüchte. Um die gehässigen Bemerkungen nicht hören zu müssen, gingen wir den anderen Dorfbewohnern aus dem Weg und kauften im Supermarkt ein.

Im Nebenhaus blieb alles still. Wir gewöhnten uns an den Anblick der kahlen Terrasse mit einem Rasen, der allmählich aussah wie unsere Wiese.

Der Herbst verging, Winter kehrte mit Schnee und Kälte ein, und dann, als die Temperaturen wärmer und die Tage länger wurden, entdeckte ich plötzlich die lapidare Notiz in der Zeitung. Nicht Herr Boisenberg, sondern sein Chef hatte das Geld unterschlagen. *Um Spielschulden zu begleichen,* hieß es. Keine Entschuldigung, kein Mitgefühl, keine Ehrenerklärung. Ich hörte schon die bösartigen Reden im Dorf: "Na, etwas wird doch an der Geschichte wahr gewesen sein."

Ein Geräusch riß mich aus meinen Gedanken. Ich öffnete die Terrassentür und sah freudig überrascht, wie Herr Boisenberg die Liegestühle wieder aufstellte, an die gleiche Stelle wie vorher, einen dicht neben den anderen. So dicht, daß sich die Armlehnen berührten. Seine Bewegungen waren müde und schleppend, er schien um Jahre gealtert.

Ich nahm mir nicht die Zeit, an seiner Haustür zu klingeln, sondern öffnete die Terrassentür, stieg über die niedrige Hecke und rannte auf ihn zu. Er hatte mir unbeweglich, mit hängenden Armen entgegengesehen.

"Ich bin so froh, daß Sie wieder da sind", sagte ich ein bißchen verlegen, immer noch einen schmalen Graben spürend. "Ich wollte Sie und Ihre Frau am Sonntag zum Frühschoppen in den Dorfkrug einladen", der Graben schloß sich, "um elf Uhr, wenn alle aus der Kirche kommen."

Ich hatte spontan seine Hände ergriffen, die er mir widerstandslos und stumm überließ. Sekundenlang standen wir so, dann zog ein zaghaftes Lächeln über sein hageres Gesicht und ich spürte ich den festen Druck seiner Hände.

"Danke", sagte er leise.

Eggert reichte dem Buchhalter den Tresorschlüssel und erteilte ihm letzte Anweisungen: "Vergessen Sie nicht, dem Aufsichtsrat rechtzeitig die Bilanzen vorzulegen. Und wenn der Monatsbericht fertig ist, schicken Sie ihn bitte ins Krankenhaus, damit ich auf dem laufenden bleibe."

Seufzend verabschiedete sich Konstantin Eggert von dem jungen Angestellten. "Diese Blinddarmoperation kommt zum denkbar ungünstigen Zeitpunkt", klagte er, "aber zum Wochenende bin ich sicher zurück." Nahezu widerwillig verließ er das Büro.

Seine Frau öffnete schon die Tür, ehe Konstantin auf den Klingelknopf drücken konnte. Nervös warf er seinen Mantel auf einen Stuhl.

"Hast du meine Tasche gepackt?" fragte er.

Hilda gab ihm einen Kuß. "Natürlich, mein Schatz", sagte sie, "ich habe dir sogar ein paar Hefte zum Schmökern gekauft und die neuesten Illustrierten."

Konstantin sah seine Frau verständnislos an: "Ich habe in meinem Leben weder Schmöker noch Illustrierte gelesen. Ich werde die Zeit nutzen, um Börsenberichte zu studieren und den Englischkurs für Führungskräfte aufzufrischen." Kopfschüttelnd zog er ein Paket aus seinem Aktenkoffer. "Hier, steck das mal ein."

"Übrigens borgt dir Tante Grete ihren transportablen Fernseher", sagte Frau Eggert während sie das dicke Bündel verstaute.

Vor Empörung hätte sich Konstantin fast verschluckt. "Das fehlte noch", knurrte er, "ich bin stolz, daß es in meinem Haus kein Fernsehgerät gibt. Und so lange ich zu bestimmen habe, bleibt das auch so. Und im Krankenhaus will ich erst recht meine Ruhe haben. Nicht so wie dein Vater, der entweder stundenlang vor der Glotze hockte oder nur über die Wehwehchen seiner Zimmergenossen tratschte."

"Wie du willst", sagte sie geduldig, "dann fahre ich dich jetzt hin."

Nachdem die Formalitäten erledigt waren, und die Stationschwester den "Blinddarm" unter ihre Fittiche genommen hatte, fuhr Hilda ein wenig beunruhigt nach Hause.

Eine knappe Woche später rief ihre Schwiegermutter aufgeregt an. "Hilda? Ich war ein paar Tage in Dürkheim und habe soeben erst deine Nachricht erhalten. Du hast mich aber erschreckt. Wie geht es denn Konstantin inzwischen?"

"Hervorragend, morgen wird er aus dem Krankenhaus entlassen."

"Waaaaas? Da hat er bestimmt dem Arzt die Pistole auf die Brust gesetzt!"

"Im Gegenteil. Er wollte noch gar nicht nach Hause. Ist schließlich auch kein Wunder, bei **dem** Pensum!"

"Was meinst du mit *Pensum*?"

"Vormittags sitzt er im Raucherzimmer und schaut sich die Kindersendungen im Fernsehen an. Dann liest er die Schmöker seines Bettnachbarn. Wenn ich gegen vier Uhr erscheine, legt er widerwillig die Skatkarten aus der Hand, um mir während der gesamten Besuchszeit über die Krankheiten seiner Mitpatienten Bericht zu erstatten. Er kennt inzwischen Diagnosen,

Behandlungsmethoden und sogar die Wirkstoffe zahlreicher Medikamente."

Die alte Dame wollte sich ausschütten vor Lachen. "Das erinnert mich an Papas Krankenhausaufenthalt im letzten Jahr."

"Mich auch. Aber einen kleinen Unterschied gibt es doch: Konstantin kennt die Fachausdrücke auf lateinisch."

Marion Gärtner nippte an dem starken, heißen Espresso und schaute amüsiert den Fischern zu, die lautstark und wild gestikulierend ihren frischen Fang anpriesen.

Die rötliche Nachmittagssonne tauchte den Hafen in bronzefarbenes Licht und zauberte eine goldene Bahn auf das Meer. Lauer Wind umfächelte Marions Gesicht. Etwas wehmütig nahm sie Abschied vom geschäftigen Treiben in dem idyllischen Inselhafen, morgen um diese Zeit würden zwei unbeschwerte Wochen, köstlich und belebend, der Vergangenheit angehören, Wochen, in denen sie ursprünglich nur einmal dem Ehetrott entfliehen und nach Herzenslust in der Sonne faulenzen wollte.

Ihr Mann wäre nie im Leben in den Süden gereist. Er haßte den Süden. Angeblich vertrug er die Sonne nicht. Marion hatte sich bisher widerspruchslos gefügt und die Ferien in nördlichen Gefilden verbracht, aber als Ulrich in diesem Jahr kurzfristig seinen Urlaub verschieben mußte, hatte sie sofort die Buchung für das dänische Ferienhaus storniert und war auf diese verträumte griechische Insel gereist.

Unwillkürlich verzog sie das Gesicht, als sie an Ulrich dachte. Ihre Ehe mit dem zwar tüchtigen, aber etwas humorlosen Rechtsanwalt war nicht etwa schlecht. Dafür waren beide viel zu beschäftigt. Nein, natürlich nicht mit Familienplanung. Darüber hatte Ulrich sie von Anfang an nicht im Unklaren gelassen. Kinder würden ihn stören und seine Freiheit einschränken, hatte er erklärt. Marion hatte sich irgendwann damit abgefunden und ihre überschüssigen Energien auf berufliche Fortbildung verwandt.

Der Erfolg blieb nicht aus. Im vergangenen Jahr hatte man ihr die Personalabteilung des Unternehmens anvertraut, sehr zum Ärger ihres ebenfalls sehr ehrgeizigen Kollegen Hagedorn, der ihr prophezeite, Schiffbruch auf diesem Posten zu erleiden. Er wurde schnell eines Besseren belehrt.

Die Beförderung hatte ihren Ehealltag nicht wesentlich verändert, dazu war er viel zu festgefahren. Marion hatte manchmal das Gefühl, ein liebgewordenes, bequemes Möbelstück für ihren Mann zu sein. Das war ihr während dieser zwei Wochen auf der Insel besonders bewußt geworden. Allerdings brachte diese Erkenntnis ihr Seelenleben nicht durcheinander. Sie hatte die Gegenwart schrankenlos genossen, genauso, wie sie es sich vor vierzehn Tagen vorgenommen hatte, als das betagte Fährschiff sie am Hafen absetzte.

Am Quai hatte ein etwa zwölfjähriger Junge, barfuß und mit zerrissenen Hosen auf sie gewartet. Er hatte ein Schild aus Packpapier hochgehalten, auf dem in krakeliger Schrift ihr Vorname stand. Marion war der einzige Passagier.

Der Junge rannte auf sie zu, begrüßte sie mit einem strahlenden Lächeln und ergriff ohne Umschweife ihren Koffer. Obwohl das schwere Gepäckstück den mageren Jungenkörper wie einen Fiedelbogen spannte, hatte Marion Mühe, mit ihm Schritt zu halten. Er steuerte auf ein windschiefes, einstöckiges Haus zu, das sich von den übrigen Gebäuden nur durch fehlenden Anstrich abhob. Ihr blieb für Zweifel an der Auswahl ihres Reiseziels keine Zeit, sie hatten den kühlen, geräumigen Flur betreten. Der Geruch nach Knoblauch und Scheuermitteln schlug ihr entgegen. Der Junge schleppte den Koffer die knarrende Stiege hoch, und Marion folgte ihm mit leisem

Unbehagen. Dieses Unbehagen verflog allerdings sofort, als er die Tür zum einzigen Zimmer öffnete. Grobgeschnitzte Bauernmöbel aus dunklem Holz mit blankgeputzten Beschlägen, das breite, flache Bett mit schneeweißer Häkeldecke überzogen, Flickenteppiche auf hellem Steinboden und bunte Bilder an den Wänden versetzten sie augenblicklich in Urlaubsstimmung. Das Bad war nicht besonders groß, aber hell und sauber.

Am schönsten war der Blick auf die Badebucht. Im Licht der Nachmittagssonne schaukelten bunte Holzkähne auf kobaltblauem Wasser, und kleine Wellen versickerten im goldgelben Sand. Man konnte sie sogar plätschern hören. Der typische Hafengeruch, wie sie ihn von Hamburg kannte und liebte, stieg ihr in die Nase. Sie war froh, Ulrichs albernen Argumenten widerstanden zu haben, mit denen er ihr diese Reise vermiesen wollte.

Der Junge hatte sie keinen Moment aus den Augen gelassen und stand nun erwartungsvoll neben dem abgestellten Gepäck. Marion suchte nach dem Bündel Drachmen, das sie sich noch in Hamburg besorgt hatte und reichte ihm einen Schein, der aus Dankbarkeit und Erleichterung ein wenig zu hoch ausgefallen war, denn der Junge strahlte sie an und verschwand wie ein Blitz, wohl aus Angst, daß die deutsche Dame ihre Großzügigkeit bedauern und den Schein zurückfordern könnte.

Nachdem Marion ausgiebig geduscht hatte, stöberte sie in ihrem Koffer. Ein winziges Zögern, dann schlüpfte sie in den sündhaft teuren Fummel aus grauer Seide, ein kurzer Schlauch mit dünnen Trägern, der die langen Beine betonte und jeden Muskel ihres schlanken Körpers nachzeichnete. Plötzlich konnte sie kaum erwarten, die warme Meeresluft auf ihrer Haut zu spüren. Sie schminkte sich flüchtig, legte als einzigen Schmuck eine Silberkette um den Hals. Der Anhänger aus grünem Jadestein paßte zur Farbe ihrer Augen. Dazu stülpte sie einen breitkrempigen schwarzen Hut auf die blonden, glatten Haare. Die hochhackigen Sandaletten würden das Kopfsteinpflaster zwar übelnehmen, aber schließlich begab sie sich nicht auf eine stundenlange Wanderung.

Vorsichtig stöckelte sie die ausgetretenen Stufen hinunter, blieb unschlüssig vor der Haustür stehen, wollte dann den Weg zum Hafen einschlagen, als hinter ihr eine sympathische Männerstimme ertönte:

"Herzlich willkommen in meiner schönen Heimat."

Der Mann hatte deutsch gesprochen. Erstaunt wandte sich Marion um und sah in ein sonnengebräuntes Gesicht mit blitzenden Zähnen und lachenden Augen unter einem dichten, schwarzen Haarschopf.

"Danke für die nette Begrüßung", antwortete sie freundlich.

Der Fremde kam näher und wies mit einer stolzen Geste auf ein Schild, das Marion bisher nicht aufgefallen war: *Theos Bar*. Es hing über der Tür direkt neben ihrer Pension.

"Ich mache besten Espresso der Welt", versprach der Fremde, "darf ich Sie zu einem Täßchen einladen?"

Marion überlegte. Warum eigentlich nicht?

"Danke, sehr gerne", sagte sie und setzte sich an einen der blankgescheuerten Holztische. Sie schaute sich neugierig um. Die Taverne war nicht sehr groß, sie zählte sechs Tische. Dazu ein geschnitzter Tresen, der den halben Raum einnahm. Marion stellte sich vor, wie am Abend die Männer dort Ouzo oder Wein tranken und lautstark über Politik und Fischfang diskutierten.

"Gehört Ihnen die Bar?" fragte sie.

Der Mann antwortete nicht sofort. Konzentriert ließ er den Kaffee in zwei zierliche Tassen zischen, stellte sie auf ein Tablett und setzte sich zu ihr.

"Ja. Ich habe sie vor zwei Jahren gekauft." Sein Deutsch war bedächtig, aber flüssig. Er erzählte von seinem Aufenthalt in Deutschland und der Arbeit als Kellner. Fünf Jahre hatte er jeden Pfennig gespart, um diese Taverne kaufen zu können.

"Jetzt verdiene ich gutes Geld", sagte er stolz, "nur eine Frau fehlt mir noch." Er musterte sie von Kopf bis Fuß. "Sie müßte so aussehen wie Sie", fügte er hinzu.

Marion wurde rot. "Ich muß gehen", sagte sie hastig.

Der Grieche ergriff ihre Hand und hielt sie fest. "Ich heiße Theo", sagte er, "ich würde sehr gerne mit Ihnen zu Abend essen, aber nur, wenn Sie es auch wünschen."

Zu ihrer eigenen Verwunderung hatte sie sofort zugestimmt.

Es war der Beginn einer leidenschaftlichen Beziehung. Theo, zwei Jahre jünger als Marion, war ein phantasievoller Liebhaber, unerschöpflich in seinem Bemühen, der kühlen Deutschen zu gefallen. Bald verbrachten sie jede freie Minute miteinander, und Marion sonnte sich in Theos verschwenderisch dargebotenen Liebesbeweisen. Aber als sie erkannte, mit welcher Heftigkeit sich der Grieche in sie verliebt hatte, und sogar zeitweilig einen Anflug von Schwermut erkennen ließ, beschlich sie leise Furcht.

Sie hatte ihm verschwiegen, daß sie verheiratet war. Anfangs fand sie es nicht wichtig, später war sie zu egoistisch, um den erotischen Zauber dieser Ferienliebe zu zerstören. Sie gab sich dem Genuß einer Gegenwart hin, die nie eine Zukunft haben würde.

"Träumst du von mir?" Theo war unbemerkt an ihren Tisch getreten.

Marion schrak zusammen. "Ich dachte daran, daß ich morgen zurück nach Hamburg fahre", wich sie Theos Frage aus.

"Bis morgen ist noch viel Zeit", sagte er und küßte sie zärtlich. "Ich habe eine Überraschung für dich. Aber zuerst mußt du das graue Kleid anziehen, du weißt schon.....",

Marion lachte. "Na gut, wenn es dir Freude macht! Ich bin gleich zurück."

Als sie wenig später in dem enganliegenden Kleid vor ihm stand, war er einen Augenblick sprachlos. Dann sagte er leise: "Du bist für mich die schönste Frau der Welt."

"Wo ist deine Überraschung?" fragte Marion ungeduldig.

"Du wirst gleich sehen." Er griff nach ihrer Hand und zog so schnell mit ihr los, daß Marion Mühe hatte, ihm auf den hohen Absätzen zu folgen.

"Das ist der Weg zu deinem Freund Carlos", sagte sie enttäuscht. "Ich wäre an unserem letzten Abend lieber mit dir allein geblieben."

"Später. Warte nur ab."

An die Tür zu Carlos` Restaurant war ein Zettel gepinnt: *Heute geschlossen.* Theo klopfte zweimal lang, zweimal kurz. Die Tür öffnete sich wie von Geisterhand. Männer, Frauen und Kinder, die Gaststube faßte die vielen Menschen kaum, klatschten in die Hände und lächelten ihnen entgegen. Marion sah Theo fragend an.

"Meine Familie", sagte er stolz. Dann legte er den Arm um ihre Schulter. "Papa, Mama, das ist meine zukünftige Frau."

Marion erstarrte. Im Nu waren sie umringt, wurden umarmt und geküßt, die Fremden redeten in griechischer Sprache auf sie ein, und niemand schien Marions Fassungslosigkeit zu bemerken. Alle wollten mit dem Brautpaar anstoßen, und bald verscheuchte ein barmherziger Schwips Marions aufkeimende Panik.

Irgendwann war das Fest zu Ende, und Theo brachte Marion nach Hause. Er sah sie lange an. "Ich kann mein Glück noch nicht fassen", sagte er bewegt, "morgen erklärst du deinen Verwandten und Freunden, daß du Theo liebst und in Griechenland leben wirst. Alle sollen kommen und uns besuchen."

Marion nickte gequält. Nur mühsam ertrug sie in dieser Nacht Theos Zärtlichkeiten und sehnte die Stunde der Abreise herbei.

Endlich war es soweit. Theo hievte den Koffer an Bord der Fähre und küßte Marion zum letzten Mal.

"Vergiß nicht, sofort zu schreiben", mahnte er.

Als sich das Boot tuckernd vom Hafen entfernte, lehnte sich Marion aufatmend gegen die Reling. Sie fühlte sich wie ein Schmetterling, der im letzten Augenblick dem Kescher eines Sammlers entkommen war und nun auf einer Blume ausruhen durfte.

Anders als Theo. Dessen Elan war nach Marions Abreise kaum zu bremsen. Er hatte *die* Frau gefunden, die seinem Dasein Flügel verlieh. Er pfiff und sang den ganzen Tag und wartete sehnsüchtig auf den Briefträger. Eine Woche, zwei Wochen, einen Monat. *Da muß etwas passiert sein*, dachte er unglücklich.

Er wollte mit ihr telefonieren, aber sie hatte die Nummer nicht aufgeschrieben. Nur die Anschrift war, fast unleserlich, auf einen zerknitterten Zettel gekritzelt.

Die Freunde schauten ihn mitleidig an: "Vergiß sie, die Frau kommt nie wieder."

Er schwieg böse.

Der August verging, der September und der halbe Oktober.

"Ich muß zu ihr", sagte er zu Carlos, "sonst finde ich keine Ruhe."

Er nahm das nächste Flugzeug, das ihn nach Deutschland bringen würde, landete in Frankfurt, dachte in letzter Minute daran, Geld einzutauschen und fragte sich zum Bahnhof durch. Dann saß er im Zug nach Hamburg. Depressionen und Hoffnung wechselten sich ab, und am Hamburger Hauptbahnhof verließ ihn beinahe der Mut.

Es regnete in Strömen. Er hielt die leichte Reisetasche schützend über den Kopf und rannte zu einer Telefonzelle. *Kartentelefon.* Wo sollte er die Karte kaufen? Der Kiosk fiel ihm ein. Er lief zum Bahnhof zurück und betrachtete es als gutes Omen, als eine freundliche Verkäuferin ihm die Karte mit einem munteren Spruch reichte.

Fahrig suchte er im Telefonbuch Marions Namen. So viele Menschen hießen Gärtner, und fast hätte er den Eintrag überlesen: *Gärtner, Marion und Ulrich.* Wer war Ulrich? Mit zitternden Fingern drückte er die Tasten, nach jeder Zahl ein prüfender Blick ins Buch, aus Angst sich zu verwählen.

"Gärtner."

Er erkannte ihre Stimme sofort, und sein Herz machte einen Sprung.

"Hier ist Theo."

"Mein Gott, von wo rufst du an?"

Freude oder Abwehr, er wußte es nicht zu sagen. "Vom Hamburger Hauptbahnhof", stammelte er.

"Warte am Haupteingang auf mich. Ich bin in zehn Minuten da." Ohne eine Antwort abzuwarten, hängte sie ein.

Nervös ging er auf und ab. Der Regen störte ihn nicht mehr, dazu war er viel zu aufgeregt.

Sie stieg aus einem Taxi, elegant und fremd. Er stürzte auf sie zu, umschlang sie mit seinen Armen, drückte sie fest an sich und spürte sofort, wie sich ihr Körper versteifte.

"Komm, laß uns in ein Café gehen und reden", sagte sie und löste sich behutsam aus seiner Umarmung. Sie sah sein Gesicht, wohl auch die Enttäuschung, die sich widerspiegelte und hakte sich bei ihm ein, ehe sie auf das Bahnhofsrestaurant zusteuerte.

Dort standen kleine runde Marmortische dicht an dicht. Das Lokal war gut besucht, und Theo fragte sich, wie er hier, in dieser Umgebung, ein so wichtiges Gespräch führen sollte.

Marion strich ihm über die Hand. "Theo", sagte sie, "es tut mir so leid."

"Was tut dir leid?"

"Ich hätte es dir sagen müssen. Ich bin verheiratet."

Er schöpfte Hoffnung. "Du läßt dich eben scheiden."

"Nein, Theo, ich liebe meinen Mann, und ich gehöre hierher. Es war eine wunderbare Zeit mit dir, aber es ist vorbei."

"Warum hast du mir nicht geschrieben? Ich hätte jetzt nicht so großen Schmerz", sagte er unbeholfen und stand auf. Er sah sie noch einmal an, stumm, gequält und unterdrückte krampfhaft den Wunsch, ihr Haar noch einmal zu berühren. Dann wandte er sich abrupt um und verließ das Lokal.

Marion schüttelte energisch jede Gefühlsregung ab und winkte der Bedienung: "Bringen Sie mir bitte einen doppelten Cognac."

Theo wankte zum Bahnhof und stolperte die Treppen hinunter. Nur weg von hier. Er fühlte sich wie ein ausrangierter Gegenstand, den man auf den Sperrmüll geworfen hatte.

Er starrte auf die Schienen. Nie wieder würde er Freude empfinden können. Bis ans Ende seiner Tage würde die Sehnsucht nach dieser Frau sein Leben überschatten. Als der moderne Triebwagen fast geräuschlos in den Bahnhof glitt, setzte er mechanisch einen Fuß voran.

"Mensch, was machen Sie, sind Sie denn wahnsinnig geworden?"

Kräftige Arme packten ihn und rissen ihn zurück. Er wollte sich wehren, aber seine Glieder gehorchten ihm nicht. Der Polizist sah das aschfahle Gesicht des Fremden und sagte mitleidig: "Ich bringe Sie von hier fort. Haben Sie Angehörige in Hamburg?"

Stumm schüttelte Theo den Kopf.

Der Polizist nahm Theos Arm und dirigierte ihn zu seinem Dienstwagen. Fürsorglich legte er seinem Schützling den Sicherheitsgurt an und lenkte den Wagen zügig durch den dichten Feierabendverkehr. Vor einem gelben Klinkerbau hielt er.

"Wir sind da", sagte er und half seinem Fahrgast aus dem Auto.

Teilnahmslos trottete Theo neben dem Beamten her. Vor einer Tür mit der Aufschrift "Dr. Marquardt, Arzt" blieben sie stehen. Der Polizist klopfte.

"Herein."

Ein Mann im weißen Kittel sah die beiden Besucher fragend an. "Kann ich etwas für Sie tun?"

"Er wollte sich das Leben nehmen", sagte der Beamte wahrheitsgemäß, "vielleicht können Sie ihm helfen." Er nickte Theo aufmunternd zu und verließ den Raum.

Der Arzt erhob sich und reichte Theo freundlich die Hand. "Guten Tag. Ich bin Doktor Marquardt. Sprechen Sie deutsch?"

Theo nickte.

"Woher kommen Sie?"

"Aus Griechenland."

"Ein wunderbares Land. Einer meiner besten Freunde ist Grieche. Er lebt mit seiner Familie schon lange in Deutschland."

Der Arzt erwähnte den beschämenden Vorfall mit keiner Silbe. Er schob Theo einen Becher Tee hin und sagte kurz: "Hier, trinken Sie. Ich bin sofort zurück."

Theo wärmte sich die Hände an dem heißen Porzellan und trank in kleinen Schlucken. Er wußte nicht, wieviel Zeit vergangen war, als Doktor Marquardt in Begleitung eines etwa fünfunddreißigjährigen Mannes und einer aparten dunkelhaarigen Frau wieder erschien.

"Guten Tag, Landsmann", heimatliche Laute drangen an Theos Ohr, "ich bin Alexis." Der junge Grieche schüttelte ihm kräftig die Hand. "Und das ist meine Schwester Nana. Doktor Marquardt hat uns erzählt, daß du heute angekommen bist und nicht weißt, wo du schlafen sollst."

Theo war dem Arzt dankbar für die Notlüge, und vor Erleichterung stiegen ihm Tränen in die Augen.

"He", Alexis klopfte ihm beruhigend auf die Schulter, "nicht traurig sein. Wir sind gekommen, um dir zu helfen. Wir haben viel Platz in unserem Haus, du kannst bleiben, so lange du willst. Papa und Mama werden sich riesig über den Gast freuen. Du ahnst nicht, was ihnen Nachrichten aus der Heimat bedeuten, nicht wahr, Nana? Nun sag schon was!"

Die junge Frau nickte schüchtern, und eine zarte Röte überzog ihr Gesicht.

"Da siehst du es", für Alexis war alles klar, "du kommst jetzt mit, und heute abend wirst du unsere Verwandten und Freunde kennenlernen. Wir machen ein großes Fest, und du erzählst von Griechenland. Einverstanden?"

Theo schaute seinen Landsmann zweifelnd an. Dann sah er die erwartungsvollen Augen des aparten Mädchens und lächelte zaghaft.

"Ja, sie ist wunderbar, unsere Heimat," sagte er heiser, "ich hätte es beinahe vergessen."

Lieber Max,

leider konnte ich mich noch nicht telefonisch vom Urlaub zurückmelden, weil die Post während unserer Abwesenheit den Anschluß gesperrt hat. Wegen eines Computerfehlers! So bleibt mir nichts anderes übrig, als Dir den versprochenen Reisebericht schriftlich zu übermitteln.

Wir sind trotz aller Hindernisse wohlbehalten und braungebrannt aus Spanien zurück. Das war ein Urlaub! Allein, wenn ich an die Hinfahrt denke, sträuben sich noch heute meine Nackenhaare. Aber der Reihe nach.

Wie in jedem Jahr sind Irene, Ala und ich gleich bei Ferienbeginn losgefahren. Pfiffig, wie wir dachten, starteten wir um drei Uhr früh und trafen an der Autobahnzufahrt die anderen Schlauberger. Vier Stunden brauchten wir für die ersten hundert Kilometer. Aber dann gab`s endlich freie Fahrt! Die Tachonadel zeigte fast zweihundert, und meine Stimmung stieg. Und als ich den letzten schleichenden Deppen, ich geb`s zu, nicht ganz vorschriftsmäßig überholt hatte........ , ahnst Du, was da passierte? Richtig. Meine Tochter Ala mußte pipi.

Was blieb mir übrig? Ich steuerte zähneknirschend den nächsten Parkplatz an, und die *Schmidtchen Schleicher* brausten wieder vorbei. Dieses Trauerspiel wiederholte sich in halbstündigem Abstand. Du kannst dir sicher denken, wie lange diese Fahrt dauerte.

Als wir schließlich unser Hotel in Benidorm erreichten, wurden wir von einem mürrischen Portier mit den Worten begrüßt:

"Anreise ist nur bis achtzehn Uhr, wir haben Ihr Zimmer vergeben."

Ehe ich dem Mann an die Gurgel springen konnte, ging ihm Irene katzenfreundlich um den Bart: "Vielleicht haben Sie zufällig ein anderes Zimmer frei?"

Mit der Arroganz eines verarmten Adligen blätterte der Typ im Reservierungsbuch und näselte: "Ich könnte Ihnen das Zimmer eines Gastes geben, der soeben abgesagt hat. Es liegt besonders ruhig und hat eine wunderbare Aussicht."

"Ist sicher auch wunderbar teuer", knurrte ich.

Der Pseudobaron würdigte mich keines Blickes. "Allerdings kostet es das Doppelte", sagte er zu Irene.

Was blieb uns übrig? Wir schleppten die Koffer nach oben und fielen todmüde in die Betten. Kaum eingeschlafen, weckte mich ein durchdringendes Hupkonzert. Eine Horde Motorradfahrer verabschiedete sich vor der gegenüberliegenden Discothek, deren Lichtreklame jede Beleuchtung in unserem Zimmer überflüssig machte. Endlich knatterte die Bande los.

Gerade als ich dann friedlich von einer romantischen Bootsfahrt im Mondschein träumte, schreckte ich wieder hoch, weil Gladiatoren mit ihren Streitwagen auf unserer Hoteletage ihre Pferde anzufeuern schienen. Ich öffnete wütend die Tür und mußte nun doch lachen: Es waren Putzfrauen, die in aller Herrgottsfrühe den Flur wienerten und sich kichernd mit nassen Scheuertüchern bewarfen.

Du kannst Dir sicher vorstellen, daß ich wie gerädert am Morgen erwachte. Aber als ich die Balkontür öffnete, waren Anstrengungen und nächtliche Störungen augenblicklich vergessen: Wolkenloser Himmel, dunkelblaues Meer mit weißen

Schaumkronen, grüne Palmen und bunte Liegestühle am breiten Sandstrand trieben uns sofort den Schlaf aus den Augen. Wir sprangen unter die Dusche und warfen uns in bequeme Ferienfummel.

Vor dem Frühstücksraum hing eine dicke Menschentraube. Zuerst dachte ich, Maradonna gäbe Autogramme, aber die Leute warteten nur auf einen Platz im Speisesaal. Mit List und Trinkgeld ergatterten wir einen klitzekleinen Tisch. Ala mußte auf Irenes Schoß sitzen und zeterte. Irene biß mißmutig in pappiges Weißbrot, und ich trank dünnen Kaffee aus einem fingerhutgroßen Napf.

Unsere Stimmung erreichte ihren Tiefpunkt. Um zu retten, was noch zu retten war, lud ich Frau und Tochter in das Viersternehotel *Ambassador* ein. Hier saßen wir auf der blumengeschmückten Terrasse, und ein höflicher Kellner servierte uns ein Frühstück mit allem Pipapo. Was bedeuten da schon die zwanzig Piepen, die er zuviel kassierte?

Nun konnte der Urlaub beginnen. War das ein Gefühl! In einer Hängematte zu schaukeln, im kühlen Meer zu baden, ein Eis zu lutschen und rundherum in fröhliche Gesichter zu blicken, weit entfernt vom Alltagsstreß. Allerdings war uns dieses Vergnügen nicht lange vergönnt. Ala fing sich Läuse ein, ich bekam Durchfall von dem ungewohnten Öl an den Speisen, und Irenes Körper reagierte mit Ausschlag auf die intensive Sonnenbestrahlung.

Vier Tage hockten wir in unserer Luxuskemenate, dann war das Ungemach überstanden. Die nun folgende, unbeschwerte Zeit wurde nur einmal durch die Schreckensnachricht unterbrochen, es schwämmen Haie in der Bucht. Dabei hatte nur so ein Scherzkeks Plastikattrappen im Wasser verteilt. Aber außer diesen bedeutungslosen Episoden waren es wunderbare Wochen. Wir haben sofort für den nächsten Urlaub dasselbe Zimmer gebucht.

Einzelheiten erfährst Du bei unserem Besuch am Sonntag. Dann sind auch die achthundert Dias gerahmt, die wir Dir zeigen wollen. Ich weiß, Du kannst Diavorträge nicht ausstehen, aber vergiß nicht: Reisen bildet.

Herzliche Grüße von Deinem Freund Max

Heimfahrt

Die alte Dame stellte ihre dunkelbraune, abgewetzte Reisetasche im Gang ab, schob mühsam die Abteiltür zur Seite und fragte schüchtern: "Ist hier noch ein Platz frei?"

Ein etwa sechszehnjähriger Junge zeigte wortlos auf die Ecke. Die alte Dame hob die Tasche hoch und blieb einen Augenblick unschlüssig stehen, wohl hoffend, daß ihr der Junge half, das Gepäckstück auf die Ablage zu transportieren. Aber der hatte sich längst wieder in seine bunte Lektüre vertieft. So umklammerte sie die Tasche mit beiden Händen und setzte sich unbeholfen.

"Der Zug fährt doch nach M.?" fragte sie den weißhaarigen, älteren Mann, der ihr gegenüber saß.

"Ja. Aber dieser hier ist ein Regionalzug. Er hält an jeder Milchkanne. Sie hätten den Intercity nehmen sollen, der wäre in einer knappen Stunde dort gewesen."

"Oh, ich habe es nicht eilig."

Sie hatte mit Bedacht den Bummelzug gewählt und nicht eine dieser modernen Silberröhren mit getönten Scheiben, an denen die Landschaft vorbeiflog und die Augen keine Ruhe fanden.

Sie schaute aus dem Fenster. Der Zug setzte sich jetzt langsam in Bewegung, wurde schneller und schneller und ließ die Silhouette der Stadt viel zu rasch hinter sich.

Ihr war ein wenig bange vor dem Abenteuer. Keiner Menschenseele hatte sie davon erzählt, ihrer Tochter nicht und ihrem Sohn erst recht nicht. Deren Kommentare kannte sie im voraus: "Was willst du da?" oder "es ist doch alles eine Ewigkeit her." Aber seit es mit ihrer Gesundheit nicht mehr zum Besten stand, war der Wunsch immer stärker geworden, noch einmal an den Ort ihrer Kindheit zurückzukehren.

Sie war siebzehn Jahre alt gewesen, als ihre Eltern starben und sie völlig mittellos zurückließen. Der Dorflehrer nahm sich damals ihrer an. Er schlug ihr vor, in *Stellung* zu gehen, wie man es nannte, und fand auch bald eine entsprechende Tätigkeit für sie. In der Großstadt, weit weg von ihrem Heimatort. Jedenfalls erschien ihr die Entfernung unüberbrückbar. Trotzdem fügte sie sich widerspruchslos, froh, für ihre Zukunft nicht allein verantwortlich zu sein.

Das junge Ehepaar behandelte sie gut, und auch die Arbeit war nicht besonders schwer. Allmählich gewöhnte sie sich sogar an die hektische Betriebsamkeit der Großstadt. Nach etwa zwei Jahren heiratete sie dann den Kolonialwarenhändler Fritz Edinger. Als sich dann Kinder einstellten, wußte sie, daß sie der Heimat für immer den Rücken gekehrt hatte. Aber Heimweh hatte sie immer verspürt. Heimweh nach der Beschaulichkeit ihres Dorfes, dem Wald und dem silbrig glänzenden See mit seinen Kopfweiden am Ufer.

Nun war ihr Mann tot, und die Kinder führten ihr eigenes Leben. Sie hatte lange gezögert, die weite Fahrt auf sich zu nehmen, aber jetzt, da der Zug sie jede Minute ihrem Ziel ein Stückchen näherbrachte, wußte sie, daß ihre Entscheidung richtig war.

Das monotone Rattern machte sie schläfrig. Ein paarmal gelang es ihr noch, den Kopf wieder abzufangen, ehe er abglitt, und dann schaute sie jedes Mal verlegen ihre Mitreisenden an. Aber niemand schien auf sie zu achten. Schließlich stupste ihre

Schläfe gegen das Eckpolster und fand endlich Halt. Der altmodische Hut verrutschte und verlieh ihr ein rührend hilfloses Aussehen. Sie schlief ein.

In ihrem Traum hielt der Zug am Heimatbahnhof. Sie nahm ihre Tasche und sprang auf die Bahnsteigkante, leichtfüßig wie ein junges Mädchen. Erwartungsvoll schaute sie sich um. Das vertraute Backsteingebäude war noch da, mit roten Geranien vor den Sprossenfenstern und dem verschnörkelten Schild "Zur Wartehalle". Das Dach war zwar schief und mit Moos bewachsen, und auch die Fenster hätten einen neuen Anstrich vertragen, aber immerhin sah das alte Gemäuer besser aus als irgend so ein neumodischer Stahlkoloß, von dem man nicht wußte, ob hier vergessen wurde, die Gerüste abzuschrauben.

Sie ging durch die Bahnhofstür, die immer noch störrisch knarrte und stand nun auf dem grob gepflasterten Marktplatz. Hier wurden damals Dorffeste gefeiert, Vieh versteigert und samstags boten Bauern Gemüse und Obst feil.

Zufrieden nickte sie.Alles war so geblieben, wie sie es in ihrer Erinnerung bewahrt hatte. Gleich hinter dem Postamt führte ein schmaler Weg zu ihrem Elternhaus. Beinahe wäre sie daran vorbeigegangen, denn inzwischen war er von Feuerdornbüschen überwuchert. Sie bog vorsichtig die Zweige zur Seite und bahnte sich den Weg durch das Gestrüpp, bis sie vor einem braunen Jägerzaun stand. Ja, hier war es. Sie erkannte ihr Elternhaus sofort wieder.

Eine junge Frau hängte im Garten Wäsche auf. "Zu wem wollen Sie denn?" fragte sie freundlich.

"Ich bin in diesem Haus geboren und wollte es noch einmal sehen", antwortete die alte Dame. Ihre Stimme klang ängstlich, als befürchtete sie, aufdringlich zu erscheinen.

Aber die junge Frau lachte unbekümmert: "Na, dann kommen Sie mal herein und schauen sich in Ruhe um. Ich bin sofort fertig, und dann koche ich uns Kaffee."

"Wir sind in M.", sagte der weißhaarige, ältere Herr zu seinem Enkel. "Diese Hochhäuser und Fabriken mit den ewig qualmenden Schornsteinen finde ich widerwärtig. Ich bin jedesmal froh, wenn der Zug den Bahnhof wieder verläßt. Wollte die alte Dame hier nicht aussteigen? Hallo, wachen Sie auf, wir sind in M."

Sie bewegte sich nicht.

"Wir sind in M", wiederholte er und berührte ihren Arm, der plötzlich unkontrolliert zur Seite pendelte. Die Tasche rutschte auf den Boden.

"Ist sie tot?" fragte der junge Mann entsetzt.

"Es sieht so aus."

"Aber sie lächelt doch!" Der Junge war fassungslos.

"Vielleicht hatte sie einen schönen Traum", sagte der Ältere gedankenverloren, "vielleicht war auch ihre Reise hier zu Ende." Er betrachtete das friedliche Gesicht der Toten.

"Lauf los und hol` den Schaffner", sagte er dann und öffnete das Fenster.

Irma Bergholz legte ein Stück des frischgebackenen Käsekuchens auf einen Teller und klingelte bei ihrer Nachbarin. Es dauerte ungewöhnlich lange, bis Frau Dormann die Tür öffnete.

"Guten Tag, ich wollte.... ", bestürzt hielt Irma inne, als sie das verweinte Gesicht der alten Dame bemerkte. *Da bin ich wohl zur rechten Zeit gekommen*, dachte sie und sagte laut: "Ich bringe den Kuchen gleich in die Küche." Ohne eine Antwort abzuwarten, betrat sie die Nachbarwohnung. Frau Dormann folgte ihr wortlos.

"Na, dann erzählen Sie mir mal Ihren Kummer!" Irma Bergholz stellte den Kuchenteller auf den Tisch und schaute die Nachbarin forschend an. "Sie haben doch Kummer, oder irre ich mich?"

Die alte Dame nickte und wischte verstohlen über ihre Augen.

"Ja. Mein Enkel Florian hat morgen Geburtstag."

"Na und? Hat man Sie etwa nicht eingeladen?"

"Doch, doch, selbstverständlich", beteuerte Frau Dormann hastig, "meine Tochter kommt mich sogar mit dem Auto abholen, damit ich nicht mit dem Bus fahren muß."

"Na also. Und warum haben Sie geweint?"

"Die anderen Großeltern, also die Schwiegereltern meiner Tochter, wollen meinem Enkel einen Computer schenken. Alle werden die Nase rümpfen, wenn ich nur ein Überraschungsei und einen Zehnmarkschein für ihn habe."

"Einen Computer? Das ist doch völlig unangemessen für einen Vierjährigen."

"Das findet meine Tochter auch. Aber mein Schwiegersohn ist der Meinung, man muß sein Kind heutzutage früh mit solchen Geräten vertraut machen. Und wissen Sie, was er mir bestellen ließ? Ich soll dem Jungen ein Computerspiel kaufen. Ganz abgesehen davon, daß diese Spiele sicher nicht billig sind, wüßte ich auch gar nicht, was ich kaufen könnte. Von diesem neumodischen Kram verstehe ich überhaupt nichts."

Frau Bergholz schüttelte verständnislos den Kopf. "Wer weiß, ob sich der Junge überhaupt einen Computer wünscht! Vielleicht freut er sich mehr über das Überraschungsei."

Die alte Dame sah Irma niedergeschlagen an. "Am liebsten ginge ich nicht hin."

"Das können Sie Ihrem Enkel nicht antun, Frau Dormann. Wir müssen uns etwas einfallen lassen, und ich habe auch schon eine Idee. Vor zwei Jahren wollte ich meine Schwester besuchen und habe für meinen Neffen so einen knallgelben Plastiktraktor mit einer Hupe besorgt. Aber dann hatte ich mir den Fuß gebrochen und mußte die Reise absagen. Seitdem verstaubt das Vehikel auf dem Hängeboden. Mein Neffe ist längst dafür zu alt, aber Ihr Enkel freut sich bestimmt darüber."

Frau Dormanns Augen leuchteten auf. "Das glaube ich auch. Aber ich bestehe darauf, daß Sie den Zehnmarkschein nehmen, den ich eingeplant hatte."

Irma lachte. "Wir werden uns schon einig. Ich bin sofort zurück."

Wenig später erschien sie mit einer voluminösen Kiste, stellte sie auf den Boden und riß den Klebestreifen ab. "Hier ist das gute Stück. Der Karton ist zwar sehr groß, aber Sie werden ja mit dem Auto abgeholt."

Frau Dormann betrachtete das Gefährt und war begeistert.

"Das vergesse ich Ihnen nie", sagte sie gerührt und brachte Irma zur Tür.

Am Tag nach dem Geburtstag klingelte die alte Dame bei ihrer Nachbarin. "Frau Bergholz", sprudelte sie aufgeregt hervor, "mein Geschenk hat eingeschlagen wie eine Bombe. Die Kinder haben *Eisenbahn, Kasperletheater* und sogar *Raumstation Mir* gespielt, und keiner hat sich für den Computer interessiert."

"Was man so alles mit einem Traktor anfangen kann!" staunte Irma Bergholz.

"Traktor?" Frau Dormann lachte, bis ihr Tränen in die Augen traten, "die Kinder haben den ganzen Nachmittag mit dem Karton gespielt."

Eine zauberhafte Begegnung

Stefanies Träume von weißem Südseestrand unter sattgrünen Palmen wurden unsanft unterbrochen, als eine schrille Stimme sie aufforderte, gegen Atomversuche und Waffenhandel zu protestieren. Sie stellte den Radiowecker ab und wälzte sich mißmutig aus dem Bett.

Wieder lag einer dieser nicht enden wollenden Tage vor ihr, die sich aneinanderreihten wie Sprüche einer tibetanischen Gebetsmühle. Sie duschte lustlos. Ohne übertriebene Sorgfalt auf ihr Äußeres zu verwenden, schlüpfte sie in blaue Jeans und zog sich den schlotternden grauen Pullover über den Kopf, der ihr kurioserweise ein Gefühl der Geborgenheit vermittelte.

Sie nahm sich nicht die Zeit, die Kaffeemaschine in Gang zu setzen, rührte nur Pulverkaffee in heißes Wasser und biß in ein trockenes Brötchen. Die karge Mahlzeit besserte ihre Laune nicht. *Ich werde mir auf dem Weg zur Arbeit Frühstück besorgen,* nahm sie sich vor und verließ die Wohnung.

Wie jeden Morgen wollte sie noch eine Zeitung kaufen, aber ehe sie diesmal den Kiosk erreichte, blieb sie wie angewurzelt neben einer Litfaßsäule stehen. Riesige schwarze Augen afrikanischer Kinder starrten sie an, die ausgemergelten Körper mit aufgedunsenen Bäuchen an leere Brüste ihrer Mütter geschmiegt. Erschüttert wandte sich Stefanie ab. "Wenn man nur helfen könnte", sagte sie zu Herrn Neumann, dem Kioskbesitzer.

"Ja, ja", stimmte er ihr zu, "aber wo soll man anfangen?" Er wies auf das Titelbild einer Illustrierten. Blutende Menschen, hinterrücks erschossen, lagen zwischen zerbombten Häusern. "Und die Welt ist Zaungast", fügte er bitter hinzu.

Stefanie steckte ihre Zeitung in die Tasche und lief an der Bushaltestelle vorbei. Ein Spaziergang würde ihr gut tun. Vielleicht löste die frische Luft den Kloß in ihrem Hals, an dem sie plötzlich zu ersticken drohte.

"Guten Morgen", sagte sie, als sie das Büro betrat. Wie gewöhnlich antwortete niemand auf ihren Gruß. Sie stellte die Handtasche auf den Boden und setzte sich an ihren Schreibtisch. Trübsinnig zog sie einen leeren Block aus der Schublade und versuchte, für die Schraubenfirma Otto einen zündenden Werbespruch zu finden, aber die Schreckensbilder von heute morgen verscheuchten jeden brauchbaren Einfall.

Sie malte gedankenverloren Strichmännchen auf ihre Schreibunterlage. Seit nunmehr fünf Monaten arbeitete sie in der Werbeagentur *Design & Promotion,* und jeder Tag ließ die einstigen Illusionen wie bunte Seifenblasen in den Himmel segeln und zerplatzen.

Dabei hatte ihr Instinkt sie rechtzeitig gewarnt. Schon beim Vorstellungsgespräch war ihr dieses ultramoderne Büro zuwider, das aussah wie die Schaltstelle einer Weltraumstation, mit grauweißen Stahlmöbeln und silbrig glänzenden Paravents, die den Saal in winzige Verschläge teilten. Langbeinige Frauen, gekleidet wie Modelle französischer Modezaren, flöteten affektiert in die Freisprechtelefone, während junge Männer, anscheinend neuesten Hochglanz-Herrenjournalen entsprungen, vom Computer zum Faxgerät hasteten.

Der Leiter der Agentur hatte in Stefanies hervorragenden Zeugnissen gelesen und anerkennend ihre Musterentwürfe durchgeblättert. Dann hatte er die junge Frau fixiert, die ihn durch randlose Brillengläser erwartungsvoll ansah.

Stefanie hatte sich plötzlich in dem wadenlangen gekräuselten Rock und der braven weißen Bluse wie eine Konfirmandin gefühlt. *Schließlich kommt es nicht auf Äußerlichkeiten an,* hatte sie trotzig gedacht, war aber erleichtert, als er ihr den Vertrag als Werbegrafikerin zusagte.

Sie hatte sich auf die Arbeit gefreut. *Ich werde alle durch mein Können überzeugen,* nahm sie sich vor. Aber dazu sollte es nicht kommen. Der Kuchen, liebevoll zum Einstand gebacken, blieb unberührt und die Sektflasche geschlossen. Man ließ die Neue schlichtweg links liegen. Noch nie war sich Stefanie so häßlich und unbedeutend vorgekommen. Es verging auch kaum ein Tag, an dem ihr nicht irgendein Mißgeschick passierte. Einmal, als ihr Chef neben ihr stand, entglitt ihr sogar die volle Kaffeetasse und verwandelte ihren fast fertigen Entwurf in eine Landkarte.

Man übertrug ihr nur belanglose Aufgaben. Werbeaufträge, bei denen sie ihren Ideenreichtum einsetzen konnte, hielt man wohlweislich von ihr fern. Einmal hatte sie einen Blick auf die Arbeiten der Kollegen riskiert und verständnislos den Kopf geschüttelt. *Mit dem Talent wären Sie besser zum Hörfunk gegangen",* hätte Professor Matthiesen von der Kunstakademie den Urheber dieser Zeichnungen verspottet. Aber das half ihr jetzt wenig. Sie saß hier und vergeudete ihre Zeit.

Gläserklirren und Gelächter rissen sie aus ihren Gedanken. Ach richtig, heute sollte der Großauftrag eines Schokoladenkonzerns gefeiert werden. Sie konnte sich wohl kaum dieser Veranstaltung entziehen. Beklommenen Herzens wollte sie sich zu den anderen gesellen, als sie ihren Namen hörte. Sie blieb wie angewurzelt stehen und lauschte.

"Wir bringen die so weit, daß sie kündigt! Ich weiß auch, wie."

Das war eindeutig die Stimme von Bettina Assmann.

Mechanisch setzte sich Stefanie wieder auf ihren Stuhl. Ausgerechnet die Assmann, die einmal mit Wissen der Kollegen Stefanies Entwurf für den eigenen ausgegeben hatte. Aber wahrscheinlich ist es immer so im Leben: Wenn die Menschen einen Sündenbock gefunden hatten, konnten sie ihre eigenen Probleme auf ihn abwälzen. Sie würde jedenfalls nicht warten, bis man ihr den Gnadenschuß gab. Entschlossen griff sie nach ihrer Tasche und verließ ungesehen das Büro.

Draußen regnete es in Strömen. *Paßt gut zu meiner Stimmung,* murmelte sie und stapfte, halb schwermütig, halb wütend, durch knöchelhohe Pfützen in Richtung Stadtpark. Als sie an einer Ampel stehenblieb und das Fußgängersignal drückte, stand, wie vom Himmel gefallen, ein Mann neben ihr, gestützt auf einen weißen Stock. Die Augen hinter einer dunklen Brille verborgen, schaute er in Stefanies Richtung.

"Würden Sie mir über den Damm helfen?" bat er.

"Selbstverständlich. Wenn Sie möchten, kann ich Sie auch ein Stück begleiten", hörte sie sich zu ihrer eigenen Verwunderung sagen, "ich habe viel Zeit."

Der Blinde lächelte. "Ich gehe zum Rhododendronhain und setze mich dort auf eine Bank."

"Bei dem Wetter?" fragte sie ungläubig.

Der Blinde hob seinen Stock und deutete auf den Himmel. Die Sonne brach durch die Wolkendecke, der Regen hörte auf, und ein schillernder Regenbogen spannte sich vor ihren Augen.

"Da meint es aber jemand gut mit uns", staunte sie und hakte den Blinden fürsorglich unter. Einträchtig wie ein altes Ehepaar überquerten sie die Straße. Kies knirschte unter ihren Schritten, als sie schweigend den Parkweg entlangspazierten. Einen Augenblick glaubte Stefanie, daß der Blinde den Weg genau kannte, denn ihr Arm übte nicht den geringsten Druck auf ihn aus. Zielsicher steuerte er auf die versteckte Bank im Rhododendronhain zu und setzte sich ohne zu zögern.

"Wollen Sie mir Ihren Kummer anvertrauen?" fragte er unvermittelt.

Stefanie nickte, kein bißchen irritiert, woher der Fremde von ihren Sorgen wußte und nahm neben ihm Platz.

"Hoffentlich belästige ich Sie nicht, aber ich habe keine Freunde, und meine Eltern sind lange tot. Und gerade heute hätte ich so dringend einen Freund gebraucht."

"Ich weiß", sagte der Fremde weich.

Stefanie schneuzte sich die Nase und begann stockend zu erzählen, von der Misere in der Agentur, dem Elend in der Welt und dem Gefühl einer Nutzlosigkeit, mit der sie nicht mehr fertig wurde.

"Die Menschen sind herzlos und egoistisch und nur auf ihren Vorteil bedacht. Sie verdrängen Leid und Grauen. Aber ich will niemals so werden wie sie", schloß sie und wischte sich energisch die Tränen aus dem Gesicht.

Der Blinde tastete nach ihrer Hand und Stefanie fühlte, wie Ruhe und Zuversicht sie durchströmten. Lange Zeit saßen sie so, die Hände ineinander verschlungen, bis er schließlich das Schweigen brach.

"Ich kenne dich schon viele Jahre, Stefanie Schöller. Du warst stets hilfsbereit und hattest ein Herz für Arme. Ich bin hier, um dir zu helfen."

Sie sah ihn fragend an.

Er zeigte auf seinen Stock. "Ich werde ihn dir leihen. Bis Mitternacht. Er wird dir Macht geben, Kriege zu beenden, Menschen vor dem Hungertod zu bewahren, Atomversuche zu stoppen oder dir den Wunsch erfüllen, der dir am meisten am Herzen liegt."

Er legte Stefanies Hand um den Stock und hielt sie fest. "Um Mitternacht wird der Stab leuchten, und der Wunsch, den du aussprichst, wird erfüllt. Wohlgemerkt: du darfst nur *einen* Wunsch äußern. Dann verliert der Stab seine Kraft. Überlege genau, was du ändern willst."

Ehe Stefanie antworten konnte, war der Blinde verschwunden. Wie vom Erdboden verschluckt. Schon glaubte sie, die Begegnung nur geträumt zu haben, als sie den Stock in ihrer Hand fühlte. Sie betrachtete ihn zweifelnd. Es war ein gewöhnlicher Stock aus weißem Eschenholz, und sein Knauf schmiegte sich in ihre Hand wie maßgeschnitzt. Irgendetwas veränderte sich plötzlich. Es schien, als wüchsen ihr Flügel, so euphorisch und beschwingt fühlte sie sich. *Es muß die Hoffnung sein,* dachte sie, *die Hoffnung auf eine bessere Welt.*

Unverzüglich machte sie sich auf den Heimweg. Sie wußte, daß sie die richtige Entscheidung treffen würde, zumindest eine gerechte Entscheidung. Mit dieser Zuversicht schloß sie die Tür zu ihrer Mansardenwohnung auf. Sie betrat den winzigen Balkon, atmete tief ein und gab sich einem nie gekannten Gefühl der Überlegenheit hin.

Ich habe Macht, unendliches Leid in irgendeinem Land zu beenden, frohlockte sie, aber im gleichen Augenblick tauchten grauenvolle Szenen vor ihren Augen auf. Hungernde schienen nach ihr zu greifen, Soldaten mit schmutzverkrusteten Gesichtern, kaum den Kinderschuhen entwachsen, sahen sie hilfeflehend an, und braunhäutige Menschen ruderten ihr in überfüllten Booten entgegen. Die Bilder zerrissen ihr fast das Herz. Ihre euphorische Stimmung verflog. Schluchzend kehrte sie ins Zimmer zurück und warf sich aufs Bett.

Krampfhaft suchte sie nach einer Lösung, bemühte sich um Gerechtigkeit. Die Stunden verrannen unbarmherzig. Schon schlug die Turmuhr zwölfmal, und beim letzten Gong begann der Stab in ihrer Hand zu glühen. Jetzt ....., jetzt mußte sie sich entscheiden. Sie sprang auf und stammelte:

"Ich möchte...., ich sollte.....", dann straffte sie ihre Schultern, reckte das Kinn, sah auf den Stab und sprach mit leuchtenden Augen die Worte, die *ihre* Welt verändern würden:

"Ich will eine schöne und erfolgreiche Frau sein, von Männern umschwärmt und von Frauen beneidet."

Ende einer Illusion

In den Augen der Freunde galt Martin Lohse als wahrer Glückspilz: Verkaufsleiter einer Ladenkette, Reihenhaus am Stadtrand, eine aparte Frau und zwei gesunde, aufgeweckte Kinder. Sogar mit den Nachbarn verstand er sich gut. Es wurde gemeinsam gegrillt, und dienstags kegelten die Männer feuchtfröhlich im Dorfkrug. Martin war Kassenwart des örtlichen Schützenvereins und engagierte sich für den Bau einer Umgehungsstraße. In den Ferien fuhr die Familie regelmäßig an die Ostsee, nach Heikendorf, und gehörte dort in der Pension Petersen fast zum Inventar.

Die heile Welt der Lohses geriet nicht etwa durch einen Schicksalsschlag aus den Fugen, nein, eine penetrante Verdrießlichkeit schlich sich tröpfchenweise in Martins Leben und bohrte sich wie eine Zecke in seine Seele.

Sein Leidensweg begann mit der Einstellung einer neuen Kollegin in der Kosmetikabteilung seiner Firma. Cornelia Franke, eine kluge, charmante Frau Anfang dreißig, war ihm auf Anhieb sympathisch, und die gemeinsame Arbeit mit ihr hatte sich erfolgreich auf kameradschaftlicher Basis entwickelt. Aber Martin konnte sich nicht darüber freuen. Cornelia wirkte so ... so selbstbewußt, so welterfahren, Eigenschaften, die nur jahrelanger Auslandsaufenthalt mit sich brachte. Sie nannte es *über den Tellerrand schauen.*

Martin fand seine Art zu leben plötzlich unerträglich kleinbürgerlich. Tage kamen und gingen im ewig gleichen Rhythmus, monoton wie ein Gongschlag, ohne Höhen und

Tiefen. Anpassung. Rücksichtnahme. Unterordnen. *Jawohl, Herr Schröder, selbstverständlich, Herr Schröder.*

Funktionieren ohne Atempause. *Der Wasserhahn tropft, Martin. Lars hat eine schlechte Note in Chemie, du mußt etwas unternehmen, Martin.*

Fast schämte er sich seiner Gedanken. Aber auch Anja erschien ihm neuerdings hausbacken und provinziell. Während er in der Vergangenheit stets bereit war, seinen Tagesablauf genauestens zu schildern, fiel sie ihm neuerdings schon auf die Nerven, wenn sie ihn am liebevoll gedeckten Abendbrottisch mit schöner Regelmäßigkeit fragte: "Wie war dein Tag heute, Liebling?"

Er reagierte zunehmend übellaunig und wortkarg. Da er insgeheim der Familie die Schuld an seiner veränderten Gefühlswelt zuschob, gelang es ihm nur mühselig, aufkommende Feindseligkeit zu verbergen. Aus dem einst fröhlichen Mann wurde ein nörgelnder Tyrann, dem Frau und Kinder unbewußt aus dem Weg gingen. Auch das war ihm gleichgültig.

Der November mit seinem naßkalten, unfreundlichen Wetter trug auch nicht gerade dazu bei, seine Stimmung aufzuhellen. An einem besonders trüben Abend lief er, wie häufig in letzter Zeit, ziellos durch die Straßen und hätte beinahe einen Passanten umgerannt. "Entschuldigung", murmelte er verlegen und stutzte. Dieselben dunkelbraunen, ernsten Augen unter buschigen Brauen, die lange schlaksige Figur und der spöttische Zug in den Mundwinkeln.

"Mensch, Bertram, bist du`s wirklich?"

"Ja. Und du bist Martin Lohse!"

Die Freude der ehemaligen Schulkameraden war echt. Fünfzehn Jahre waren vergangen, seit Bertram nach Südamerika ausgewandert war, um im Exportgeschäft seines Onkels zu arbeiten.

"Sag` mal, gibt es am Marktplatz noch die Billardkneipe *Zum grünen Filz*?" fragte Bertram.

"Na, klar! Wollen wir...?"

"Keine Frage. Ich bin zwar in Eile, aber für ein ordentlich gezapftes Bier habe ich immer Zeit."

Das Lokal hatte erst vor wenigen Minuten geöffnet und war noch leer. Die beiden Männer setzten sich an die Theke und bestellten Bier, und weil es mit dem Zapfen nicht so schnell ging, einen Cognac zum Anstoßen auf das Wiedersehen. Martin wartete ungeduldig, bis der Barmann den Cognac serviert hatte.

"Prost", sagte er und leerte sein Glas in einem Zug. "Ahh, den konnte ich jetzt gebrauchen. Schieß los, alter Knabe. Ich kann es kaum erwarten, von deiner Arbeit in Südamerika zu hören. Du ahnst nicht, wie ich dich beneide." Martins Mund hatte sich zu einem schmalen Strich verzogen. Eingebettet in zwei scharfe, senkrechte Falten wirkte sein Gesicht fast böse.

Bertram wußte nicht so recht, ob es der richtige Zeitpunkt war, von dem fremden Kontinent zu schwärmen, aber dann erzählte er doch bereitwillig über sein Leben weit von der Heimat entfernt, von aufregenden Reisen und beruflichen Erfolgen, aber auch von Heimweh, das ihn oft quälte.

"Jetzt habe ich lange genug von mir gesprochen, nun bist du an der Reihe. Was treibst du so den lieben, langen Tag?"

Martin zögerte. Seine Augen blickten starr an Bertram vorbei, als er mit monotoner Stimme zu sprechen begann. Zuerst stockend, dann immer flüssiger erzählte er von Anja und den Kindern, von der Eintönigkeit seines Alltags und wie satt er dieses Leben habe.

Bertram hörte aufmerksam zu. Als Martin schwieg, sah ihn der Schulkamerad nachdenklich an:

"Ich habe mir immer eine Familie gewünscht, Martin, es hat nie geklappt. Aber ich kann deinen Zwiespalt verstehen. Man kann nicht alles im Leben haben, irgendwann mußt du dich für eine Richtung entscheiden." Er sah auf die Uhr. "Tut mir leid, ich muß gehen, meine Eltern erwarten mich, es ist mein letzter Abend in der alten Heimat. Morgen fliege ich nach Brasilien zurück."

Sie zahlten und verließen das Lokal. Zum Abschied hielt Bertram beide Hände des Freundes fest.

"Überlege deine nächsten Schritte gut. Sprich`mit Anja", riet er, "vielleicht ist sie auch nicht sehr glücklich in eurer Ehe. Findet sie ebenso eintönig wie du. Ich kann mir sogar vorstellen, daß du in deiner gegenwärtigen Verfassung kein liebevoller Ehemann bist. Egal, was passiert, Martin, solltest du jemals anstreben, neues Territorium zu betreten, kannst du jederzeit bei mir arbeiten. Im Augenblick haben wir unser Hauptgeschäft in Rio de Janeiro. Hier", er kramte in seiner Jackentasche und reichte Martin eine Visitenkarte, "ruf mich an, wenn du Hilfe brauchst. Mach`s gut, alter Junge."

Er schüttelte dem Freund kräftig die Hände und ging mit schnellen Schritten davon.

Martins Lethargie war verflogen. Sogar der leichte Nieselregen erschien ihm erfrischend und belebend und kühlte sein Gesicht. Er würde Bertrams Rat befolgen. Mit Anja sprechen. Vielleicht könnte er mit der ganzen Familie einen Neuanfang.......

Er eilte nach Hause und klingelte stürmisch. Die Tür wurde lautlos geöffnet. Nicht einmal Schritte hatte er gehört. Ein Blick auf die verhärmte Miene seiner Frau und ihre geröteten Augen genügte, seine zuversichtliche Stimmung auf den Nullpunkt rutschen zu lassen. Der Geruch gebratenen Fleisches mit brauner Sauce, der den Hausflur durchströmte und dem er gewöhnlich nicht widerstehen konnte, widerte ihn heute an.

"N`Abend", sagte er mürrisch und verschwand im Schlafzimmer.

Er zog seine Schuhe aus und legte sich quer über das breite Doppelbett. *So kann es nicht weitergehen,* dachte er niedergeschlagen. Die Zeile eines Gedichts von Erich Kästner fiel ihm ein: *Man möchte tot sein - oder Gründe haben.*

Er hörte die Stimme des Freundes. Lauter und lauter wurde ihr Klang, beschwörend, bittend. Hatte der Freund wirklich versucht, ihm das Leben in Südamerika schmackhaft zu machen? Er fiel in einen unruhigen Schlaf, und wirre Träume suchten ihn heim.

Es war ein ungewöhnlich heller Novembermorgen, als er erwachte und wußte, was er zu tun hatte. Er nahm Anja in den Arm.

"Warte nicht auf mich, heute wird es später", sagte er.

Als er den Wagen aus der Garage gefahren hatte, blieb er in der Auffahrt stehen, schaute sich zögernd um, sah, wie Anja ihm zaghaft zuwinkte und als ihr Mann nicht reagierte, müde das Tor schloß. Hastig gab er Gas und preschte mit aufheulendem Motor um die Ecke.

Ohne auf die verwunderten Blicke des Verkaufspersonals zu achten, stürzte er grußlos ins Büro, zerrte ein Telefonverzeichnis aus dem Regal und blätterte hektisch, bis er die gesuchte Nummer fand.

"Lohse. Geht heute eine Maschine nach Rio?"

Er hörte Computertasten klickern. "Ja, um vierzehn Uhr."

Martin atmete tief durch. "Bitte, reservieren Sie mir einen Platz."

"Economic oder Business-Klasse?"

"Economic".

"Gern. Wann soll der Rückflug sein?"

Martin hüstelte verlegen: "Äh, ich nehme nur einen einfachen Flug."

Er verließ das Büro durch einen Seiteneingang und ging zur Bank. Zum Glück bediente ihn ein Angestellter, der ihn nicht kannte. Er ließ sich die Summe in Dollar auszahlen.

Kurz bevor sich die Bustür schloß, sprang er auf, ignorierte das Schimpfen des Fahrers und fuhr ins Zentrum. Er besorgte Reisetasche, Rasierzeug, Schlafanzug, Unterwäsche und eine helle Leinenhose, die irgendwo vom Sommer hängen geblieben war. Später würde er sich neu einkleiden. Der Schnellbus brachte ihn zum Flugplatz. Bereits zwei Stunden vor dem Abflug saß er in der Wartehalle und war nach Aufruf der Maschine der erste Passagier an Bord.

Als er zehn Stunden später aus dem Flugzeug kletterte, umfächelte warmer Wind seine verkrampften Glieder. Beinahe hätte er den brasilianischen Boden geküßt wie der Papst bei Ankunft in einem fremden Land.

Staunend betrachtete er das bunte Völkergemisch, das sich durch die Halle wälzte. Ein dunkelhäutiger Junge sprach ihn an: "Hotel? Taxi? Alles billig!"

Martin nickte und folgte dem Jungen. Das Taxi sah wenig vertrauenerweckend aus, es störte Martin nicht. Es hielt vor einer weißgetünchten Villa. Der Portier, das dunkle Gesicht zerfurcht und eingefallen, zeigte ein Zimmer. Martin warf einen kurzen Blick auf das sparsame Mobiliar: Bett, Nachttisch und drei Haken in der Wand, die als Kleiderschrank dienten. Wenigstens eine eigene Dusche und Toilette würde er haben. Er nickte, und der Portier verschwand wortlos.

Die Luft war stickig. Er öffnete die Tür zu einem kleinen Balkon mit schmiedeeiserner Brüstung. Musikklänge und Autolärm fluteten zu ihm empor, und er konnte es plötzlich kaum erwarten, die Stadt zu erkunden. Er rasierte sich, wobei er sich bücken mußte, denn beim Aufhängen des Spiegels hatte man sicher nicht an hochgewachsene Europäer gedacht. Als er den letzten Schaum mit dem Handtuch abwischte, schien er in ein fremdes Gesicht zu blicken: Aus den eisblauen Augen war die Unzufriedenheit verschwunden, der Mund lächelte, und die kurz geschnittenen Haare ließen ihn jung und unbefangen aussehen. Er duschte und schlüpfte in die neuen Sachen. Und fühlte sich großartig.

Beim Portier fragte er nach der Adresse einer Bar. Der alte Mann zog augenzwinkernd eine Karte aus der Jackentasche und markierte Standort und Weg mit einem roten Filzstift. "Samba-Samba", nuschelte er.

Martin gab ihm einen Dollar und schlenderte in die angegebene Richtung. Lachende, schwatzende, farbenfroh gekleidete Menschen strömten die Straßen entlang. Es stank nach Benzin, Abwasser, Parfüm und Schweiß, aber für Martin war es der Geruch von Abenteuer.

Er ließ sich mit den Massen treiben, bis er sich plötzlich in einem Pavillon wiederfand, inmitten einer Gruppe junger, dunkelhäutiger Männer und Frauen, die im Begriff waren, sich an einen der sauber gescheuerten Holztische zu setzen. Unschlüssig blieb Martin stehen, schaute auf die schokoladenbraune Schönheit, die gerade ihre langen Beine über die Sitzbank schwang. Dabei verrutschte der kurze Rock, der nur mit wenigen Strippen an einem knappen, tiefdekolletierten Oberteil befestigt war, und ließ ein weißes Spitzenhöschen blitzen.

Als das Mädchen Martins Blicke bemerkte, flüsterte sie mit einem ihrer Begleiter. Der forderte Martin mit einer knappen Bewegung auf, an ihrem Tisch Platz zu nehmen. Martin ließ sich nicht lange bitten. Wie selbstverständlich setzte er sich neben die Schöne, die jetzt mit unschuldigem Lächeln auf ihre Brust deutete.

"Rosita", sagte sie, und wies auf die anderen jungen Leute. "Meine Brüder und Schwestern". Jedenfalls glaubte Martin, es so verstanden zu haben.

Sambarhythmen erklangen. Auf der runden Bühne mitten im Saal tanzten rassige Tänzerinnen in phantasievollen Kostümen. Braune, zuckende Leiber, halbnackt und schweißglänzend, dazu Caipirinha, eine höllische Mischung aus Zuckerrohrschnaps und Zitronensaft, hielten die Männer nicht lange auf den Stühlen. Sie sprangen auf die Tische, stampften mit den Füßen den Takt, und ihre Körper bewegten sich mit unnachahmlicher Eleganz und Musikalität.

Von Europäern oft kopiert und doch nie erreicht, dachte Martin.

Die Atmosphäre und der ungewohnte Alkohol versetzten ihn in einen Rausch. Als ihn Rosita auf die Tanzfläche zog, paßte er sich wie verzaubert den lockenden Bewegungen ihres Körpers an.

Viel zu früh packten die Musiker ihre Instrumente ein. Rosita nahm Martins Hand, legte sie an ihre Wange und flüsterte in ihrem drolligen Englisch: "Komm` mit uns. Wir feiern bei Rinaldo. Viele Freunde bringen Essen und Wein."

Dicht aneinandergeschmiegt verließen sie den Raum. Martin hatte keinen Blick mehr für seine Umgebung. Immer wieder blieb er stehen und küßte das heißblütige Mädchen. Ihm war, als sause er auf einem Lichtstrahl direkt ins Paradies.

Nur einmal schaute er zurück. Die Straßen waren spärlich beleuchtet und hinter den Fenstern armseliger Hütten brannte kein Licht.

"Ohne dich wäre ich hier verloren", lachte er, "ist es noch weit?"

"Wir sind da", sagte Rosita und öffnete eine schaurig knarrende Tür. Muffiger Geruch schlug ihm entgegen. Er wollte etwas fragen, aber da versetzte sie ihm einen Stoß. Er taumelte durch die dunkle Öffnung. Die Tür fiel ins Schloß, und ein Schlüssel drehte sich herum.

Verwirrt blieb er stehen.

"Rosita?"

Niemand antwortete, und kein Laut durchdrang die gespenstische Stille. Er streckte beide Hände vor und tastete sich durch die Finsternis. Irgendwann stieß er mit dem Schienbein gegen eine weiche Barriere. Es schien eine Liegestatt zu sein. Vorsichtig setzte er sich auf die Kante, und erst jetzt wurde ihm seine Lage bewußt. Er war schlagartig nüchtern. Wie ein Idiot war er in die Falle getappt. Ohne Aussicht auf Hilfe. Niemand kannte ihn hier, niemand würde ihn vermissen, geschweige nach ihm suchen.

Er fror, obwohl die Luft heiß und stickig war. Nach schier endlos langer Zeit hörte er Stimmen und dieses schaurig knarrende Geräusch der Tür. Licht ging an. Im gräßlichen Licht einer nackten Glühbirne erkannte er Rositas vier Brüder, die sich mit geballten Fäusten auf ihn zubewegten.

Er sprang auf, duckte sich, versuchte, ihnen auszuweichen, aber es waren zu viele Arme, die ihn jetzt umklammerten, ihm die Luft abschnürten und ihn dann so abrupt freigaben, daß er in hohem Bogen auf das Bett flog. Einer der Angreifer hatte sich Martins Brieftasche geschnappt. Mit flinken Fingern zählte er das Geld, ehe er in harschem Ton einen Befehl erteilte.

Einer der Männer zog ein Messer und setzte es blitzschnell an Martins Kehle. Martin schrie wie ein Stier. Er schlug um sich und versuchte, den Arm seines Peinigers wegzudrücken.

"Martin, Martin!" War das Anjas Stimme?

"Martin, bitte wach auf." Wie kam Anja in dieses Loch?

Schluchzend rüttelte jemand an seiner Schulter. Er öffnete die Augen und sah in Anjas angstvolles Gesicht.

Er sank schweißgebadet zurück. "Ich hatte einen entsetzlichen Traum", stammelte er, "Gott sei Dank war es nur ein Traum. Ich bin aufgewacht. Rechtzeitig aufgewacht."

Sein Atem ging hechelnd, wie nach einem Marathonlauf. Er wollte weitersprechen, erklären, um Vergebung bitten, aber seiner Kehle entrang sich nur ein heiseres Krächzen. Noch konnte er nicht glauben, dieses *Abenteuer* nur geträumt zu haben. Er wendete den starren Blick nicht von seiner Frau, aus Angst, das vertraute Gesicht würde sogleich verschwinden.

Anja streichelte wortlos über sein feuchtes Haar.

Langsam wurde er ruhiger. "Ich bin aufgewacht", wiederholte er und hielt ihre Hand fest wie einen Rettungsanker. "Mein Gott, was war ich für ein Idiot. Ich habe unsere Ehe, unsere Zukunft, meinen Job in Frage gestellt, aufs Spiel gesetzt. Gejammert. Grundlos gejammert. Euch das Leben mit meiner Nörgelei zur Hölle gemacht."

Er zog sie fest in seine Arme. "Die letzten Monate müssen entsetzlich für dich gewesen sein", sagte er tonlos, "wie kann ich das je wieder gutmachen?"

"Ich wüßte schon eine Möglichkeit", sagte Anja zaghaft.

Martin schaute sie zweifelnd an. "Wirklich?" fragte er ungläubig. "Hast du einen Wunsch? Mir würde ein Stein vom Herzen fallen, wenn ...."

"Ich möchte einmal zum Karneval nach Rio", unterbrach sie ihn.

Martin wurde kreidebleich. Er biß sich auf die Zunge, ehe eine falsche Reaktion alle guten Ansätze wieder zunichte machen würde. Sollte er etwa den Wunsch seiner Frau wegen eines albernen Albtraums ablehnen? Zumal er sich vor wenigen

Minuten nichts sehnlicher gewünscht hatte als nach Brasilien zu flüchten? Er seufzte tief und sagte:

"Ich verspreche es ganz fest, mein Liebling, im nächsten Jahr fliegen wir nach Rio. Und dann werde ich dir meinen alten Schulfreund Bertram vorstellen. Der wird vielleicht Augen machen!"

Ein moderner Aktenkoffer

Feierabend! Erleichtert warf Frank Huber die letzten Schriftstücke in die Schublade, zog seine Jacke an, verstaute die Brille im Aktenkoffer und eilte zum Parkplatz.

Es war Anfang Oktober und bereits recht kühl. Fröstelnd schloß er die Autotür auf, zwängte sich hinter das Lenkrad und stellte die Heizung an. Schon nach wenigen Kilometern wurde es behaglich warm. Er pfiff laut und falsch "Hoch auf dem gelben Wagen" und freute sich auf einen gemütlichen Abend zu Hause. Vielleicht würde er mit Linda ein Glas Wein trinken, über Gott und die Welt reden......

Tuck, tuck tuck, sagte der Motor und verstummte. Was war das denn? Huber konnte gerade noch an den Rinnstein fahren, zum Glück war ein Parkplatz frei, da blieb das Auto auch schon stehen. Ob er mal unter die Haube schauen sollte? Unsinn, er hatte von Motoren nicht den geringsten Schimmer. Mißmutig griff er nach seiner Tasche, schloß das Auto ab und machte sich auf den Weg zur U-Bahn. Die Station war nicht weit entfernt.

Am Fahrkartenautomaten kramte er nach seinem Portemonnaie. Hosentasche, Jackentasche - nichts da. Wie gut, daß er noch seine eiserne Reserve hatte! Nanu, warum ließ sich denn der Aktenkoffer nicht öffnen? Ungeduldig zerrte er am Schloß bis ihm dämmerte, daß sich wahrscheinlich die Zahlenkombination verschoben hatte und erst wieder eingestellt werden mußte. Aber wie war die bloß?

Es half nichts, er mußte seine Frau anrufen. Wenigstens hatte er seine Telefonkarte dabei.

"Tag, Linda, kannst du mir eben mal meine Aktenkoffer-Zahl sagen? Sie steht an der Pinnwand."

"Warum, was ist denn passiert?" erkundigte sie sich neugierig.

"Erzähl` ich dir später, Liebes, bitte beeil`dich, mir ist kalt."

Sie war schnell zurück.

"Frank? Die Nummer lautet 5137."

"Danke, du bist ein Engel. Bis gleich."

Auf dem Bahnhof suchte er eine abgelegene Bank, um unbeobachtet das neumodische Ding zu öffnen. Bestürzt starrte er auf das Zahlenfeld - er konnte die kleinen Zahlen ohne Brille nicht erkennen und erst recht nicht einstellen. Und die lag im Aktenkoffer.

Ich frage einfach einen Passanten, dachte er. Da kam auch schon ein junger Mann. Nee, den bitte ich um keinen Gefallen! Der sieht ja aus wie ein Penner mit seinen langen, fettigen Haaren, den zerrissenen Jeans und offenen Turnschuhen. Vielleicht die alte Dame dort? Quatsch, die kann die Zahlen bestimmt auch nicht erkennen.

Da! Das junge Mädchen auf der Treppe! Forsch ging er auf sie zu, blieb aber nach drei Schritten wie angewurzelt stehen. Er sah die langen Beine, die schlanke Figur im Minirock, das niedliche Gesicht mit den glatten blonden Haaren und einen herzförmigen, roten Mund, der sich jetzt zu einem fragenden Lächeln verzog.

Und wenn ich bis nach Hause laufen müßte.........nein, das blonde Kind frage ich auf keinen Fall. Sie würde mich ja für einen halbblinden Gruftie halten.

Mit einem bedauernden Blick auf die Schöne strebte er entschlossen noch einmal dem Telefonhäuschen zu.

"Linda? Könntest du mich vom U-Bahnhof Ruhleben abholen?"

Sie wunderte sich: "Hättest du das nicht vorhin sagen können?"

"Das erkläre ich dir auch später", antwortete er kläglich.

Das Lieblingsbuch

"Es wird wohl bald Schnee geben", dachte der alte Mann mit sorgenvollem Blick auf den wolkenverhangenen Himmel und beschleunigte seine Schritte so gut es ging. Bald hatte er die tristen Häuserreihen hinter sich gelassen. Er öffnete das schmiedeeiserne Tor und schlurfte den Kiesweg entlang. Allmählich verebbte der Straßenlärm hinter ihm und jetzt war nur das knirschende Geräusch seiner Schritte auf dem Kies zu hören.

Der Weg war ihm vertraut geworden während der letzten beiden Monate. Manchmal ging er ihn sogar zweimal am Tag, um Schmerz und Einsamkeit besser zu ertragen. Endlose Abende und trostlose Sonntage ohne seine Frau. Ob sie wohl sehen konnte wie weh ihm ums Herz war? Bestimmt. Sonst würden ihm die Friedhofsbesuche nicht so viel Trost spenden.

Er hielt den fürsorglich in dickes Zeitungspapier gewickelten Weihnachtsstern fest in der Hand. Bei diesen Temperaturen wird er sich nicht sehr lange halten, aber Martha mochte die roten Blüten so gern.

Hier war es. Er setzte den Blumengruß mitten auf das Grab, das mit Tanne abgedeckt war. Es fing jetzt leise an zu schneien.

"Hoffentlich kann ich dich auch in den nächsten Tagen besuchen, Martha", sagte er traurig. "Wenn die Straßen so glatt sind, bin ich immer unsicher auf den Beinen. Aber ich werde es versuchen."

Er zupfte zögernd an den Blättern, unentschlossen, ob er ihr von dem Besuch der jungen Dame vom Sozialamt erzählen sollte. Schließlich gab er sich einen Ruck.

"Gestern klingelte eine Frau bei mir. Sie arbeitet bei der Altenhilfe und hat sich erkundigt, wie ich allein zurecht komme. Ob ich mir essen koche und all diese Dinge. Zuerst wollte ich nicht zugeben, daß ich gar nicht kochen kann, aber sie hat den Schwindel sofort durchschaut. Ich soll mir das Essen vom fahrbaren Mittagstisch bringen lassen, hat sie gemeint. Ich weiß, was du sagen willst. Ich soll mich nicht aufführen wie ein Kleinkind. Na ja, ich war auch einverstanden. Aber nur probeweise. Weihnachten kommen sie auch, da habe ich dann wenigstens eine warme Mahlzeit an den Feiertagen", er faltete die Zeitung zusammen, "ich bin sehr hilflos ohne dich, Martha." Fröstelnd zog er den Schal, den seine Frau ihm vor vielen Jahren gestrickt hatte, enger um den Hals und machte sich auf den Heimweg.

Das Treppensteigen fiel ihm schwer. Sein Atem rasselte, als er mit klammen Fingern die Wohnungstür aufschloß. Er zog den feuchten Mantel aus, hing ihn sorgsam auf einen Bügel und stopfte die nassen Schuhe mit Zeitungspapier aus, ehe er in seine abgewetzten Hausschuhe schlüpfte.

Er ging in die Küche, füllte einen Kessel mit Wasser und stellte ihn auf die Herdplatte. Gerade als er den Tee aufgebrüht hatte und sich an dem heißen Becher die Hände wärmte, klingelte es.

Fast erschrocken stellte er die Tasse auf den Tisch und ging zur Tür. Er lugte er durch den Spion. Nanu! Ein junges Mädchen mit langen blonden Haaren? Was die wohl von ihm wollte?

"Wer ist da?" fragte er ängstlich.

"Ich heiße Axel und komme vom Sozialdienst", antwortete eine männliche Stimme. Ungläubig schaute er noch einmal durch das Guckloch. Tatsächlich, nun sah er, daß der Besucher einen Schnurrbart trug. Er öffnete die Tür.

Der junge Mann hielt ihm einen Ausweis entgegen. "Ich fahre in dieser Gegend das Essen aus und wollte Bescheid sagen, daß ich morgen gegen zwölf Uhr bei Ihnen bin. Ist Ihnen das recht?"

"Selbstverständlich", sagte der alte Mann erleichtert.

"Hier ist der Speiseplan für die nächste Woche, damit Sie wissen, was Sie essen", scherzte der Junge und reichte Herrn Keller ein Blatt Papier. "Na, dann bis morgen. Auf Wiedersehen!" Sprach`s und sprang pfeifend die Treppen hinunter.

Der alte Mann kehrte zu seinem Tee zurück und lächelte vor sich hin. Merkwürdig, er fror nicht mehr. Er hatte etwas, worauf er warten konnte. Das Zimmer erschien ihm heller als gestern, Schneeflocken tanzten vor dem Fenster, und er erinnerte sich daran, wie schön die Adventszeit mit Martha war. Sie hatten selbstgebackenen Stollen gegessen, Kaffee getrunken, und später.....

Er trank den Tee in kleinen Schlucken. Gedankenverloren sah er die Bücher an, deren bunte Rücken ihm aufmunternd zuzunicken schienen. Er nahm seine Brille aus dem zerschlissenen Etui und setzte sie umständlich auf seine Nase. Da stand sie: *Dicken`s Weihnachtsgeschichte.* Es war sein Lieblingsbuch. Martha und er hatten es jedes Jahr zur Adventszeit gelesen. Er nahm das Buch in die Hand und streichelte es liebevoll. Vielleicht würde er am Heiligen Abend ein wenig darin blättern und sich dabei seiner Frau nahe fühlen.

Am nächsten Morgen erwachte er früh und schaute aus dem Fenster. Der Schnee war liegengeblieben. Macht nichts, er würde langsam laufen. Aber er wollte Martha unbedingt von Axel erzählen. Der Weg fiel ihm leichter als sonst, und den Rückweg legte er sogar frohgestimmt zurück und stand dann lange vor der vereinbarten Zeit am Fenster. Ein kleiner roter Lieferwagen hielt Punkt zwölf vor dem Haus, und kurz darauf klingelte es. Der alte Mann öffnete.

"Guten Tag, Herr Keller, hier bringe ich Ihr Essen. Soll ich es auf den Tisch stellen?"

"Ja, bitte, Herr....."

"Nennen Sie mich Axel, das ist am einfachsten", bat der Junge und stellte die Aluminiumschale auf den Tisch, legte fürsorglich eine Serviette dazu, und dann fiel sein Blick auf das Buch mit dem bunten Einband.

"Das war die Lieblingsgeschichte meines Großvaters", staunte er, "zur Adventszeit mußte er sie uns immer vorlesen. Wir fanden sie sehr traurig, nur der Schluß hat uns dann wieder beruhigt. Aber seit mein Opa tot ist, hat niemand mehr das Buch hervorgeholt."

Herr Keller lächelte erfreut. "Meine Frau und ich haben das Buch auch gemeinsam gelesen. Aber jetzt hat sie mich verlassen." Seine Augen wurden feucht.

Axel sah ihn mitfühlend an. "Das ist sicher nicht einfach für Sie. Und gerade in der Weihnachtszeit will keiner gern allein rumsitzen." Er blickte sich suchend um. "Haben Sie wenigstens einen Weihnachtsbaum oder wenigstens einen Adtventkranz?"

Der alte Herr schluckte. "Nein", sagte er leise, "ich hatte..., ich war....."

"Ich bringe morgen einen Tannenzweig mit", versprach Axel, "aber jetzt muß ich schnell die Einkaufsliste meiner Mutter abarbeiten, Wir sind nämlich eine große Familie, und jeder erwartet ein Geschenk. Also bis morgen."

"Auf Wiedersehen, Axel, und vielen Dank."

Herr Keller zog die Folie von dem Aluminiumbehälter und begann zu essen. Roulade, Rotkohl, Kartoffeln und braune Sauce. Es schmeckte hervorragend. Das erste Mal seit Marthas Tod verspürte er wieder Appetit.

Am nächsten Morgen war er schon früh auf den Beinen. Es war ungewöhnlich hell und sehr still. Der Schnee dämpfte den sonst dröhnenden Straßenlärm.

"Weiße Weihnacht. Wie sehr hätte sich Martha darüber gefreut." Er aß eilig eine Schnitte Brot, nahm sich kaum Zeit, seinen Tee auszutrinken und machte sich auf den Weg zum Friedhof. Die frische Schneeluft tat ihm wohl. Bisher war niemand auf den Kieswegen gelaufen, stellte er mit fast kindlicher Freude fest und ertappte sich dabei, krumme Spuren in die jungfräulichen Schneefelder zu treten. Die Gräber unterschieden sich heute kaum voneinander, zumal an der zuletzt angelegten Reihe noch keine Gedenksteine aufgestellt waren.

Er pustete den Schnee vom Weihnachtsstern, während er Martha die Neuigkeiten erzählte. "Vielleicht hat Axel heute ein paar Minuten länger Zeit, und wir können wieder plaudern", sagte er hoffnungsvoll.

Eine halbe Stunde vor der Zeit stand er am Fenster. Er sah den roten Wagen in die Straße einbiegen und wartete an der geöffneten Tür. Er hörte Axel die Stufen emporeilen, immer zwei auf einmal, und gerade, als er ihn freudig begrüßen wollte, blickte er in das Gesicht eines fremden Mannes.

"Wer...wer sind Sie?"

"Mein Name ist Marquardt. Ich bringe das Mittagessen für Keller. Sie sind doch Herr Keller?"

Der alte Mann nahm ihm mechanisch den Teller ab. "Ja. Aber..... kommt Axel heute nicht? Er ist doch nicht etwa krank?"

"Nein, nein, er ist nicht krank. Er muß heute auf seine Geschwister aufpassen. Aber morgen ist er wieder im Dienst. Auf Wiedersehen, Herr Keller, und fröhliche Weihnachten."

"Auf Wiedersehen", sagte der alte Mann tonlos und schloß die Tür. Er stellte den Behälter auf den Küchentisch und setzte sich auf den kleinen Hocker, den Martha immer benutzt hatte, wenn sie Kartoffeln schälte oder Gemüse putzte. Er stützte den Kopf in die Hände und starrte vor sich hin. Heiligabend. Wie hatte er diesen Tag sonst geliebt. Und heute? War das überhaupt noch ein Leben? Ohne einen einzigen Menschen, der mit ihm sprach oder ihm zuhörte?

Er war so in seiner Trauer versunken, daß er das schrille Läuten der Klingel nicht sofort als solches erkannte. Erst als es ein weiteres Mal ertönte, horchte er auf.

"Das ist bei mir. Wer kann das sein?" Er schlich zur Tür und öffnete.

Axel stand atemlos vor ihm, hielt einen Adventskranz mit vier roten Kerzen und kleinen roten Zieräpfeln in den Händen und japste nach Luft.

"Tag, Herr Keller, Sie haben bestimmt geglaubt, ich hätte Sie vergessen. Hier ist der versprochene Kranz." Er stürmte ins Zimmer und legte ihn etwas achtlos, wie Herrn Keller schien, auf den Wohnzimmertisch. "Ach ja, und dann soll ich Sie bitten, das heißt, ich soll Sie fragen, ob Sie nicht Lust haben, heute ein bißchen aus Dicken`s Weihnachtsgeschichte bei uns vorzulesen. Sie würden meinen kleinen Geschwistern eine große Freude machen. Und uns natürlich auch", fügte er hastig hinzu.

Der alte Mann blickte ihn ungläubig an. "Ich soll wirklich zu Ihnen kommen?"

"Na klar, Kartoffelsalat und Würstchen gibt es auch. Ich hole Sie um fünf Uhr ab. Einverstanden?"

"Ja, ich werde unten warten", sagte der alte Mann und schloß schnell die Tür, denn sie ließen sich nicht mehr zurückhalten, die dummen Tränen. Und dann würde Axel ihn für eine Heulsuse halten.

Ob er wohl noch das Buch vom lustigen Nikolaus mitnehmen sollte, der immer die Geschenke vergaß und deshalb für die Kinder Purzelbäume schlug? Wo war das nur gleich?

Die Wette

Bei Findigs hing der Haussegen schief, und schuld war nur eine klitzekleine Bemerkung des Hausherrn zu einem sehr ungeeigneten Zeitpunkt, nämlich, als Findigs bei Newermanns eingeladen waren und Paula ihr neues Kleid anziehen wollte. Der Reißverschluß klaffte, da half auch kein Luftanhalten. Und genau in diesem Moment betrat Herbert Findig das Schlafzimmer und lästerte schadenfroh: "Das kommt nur von deinen vielen Süßigkeiten. Man muß sich eben beherrschen können."

Das saß. Paulas Augen schossen Blitze, als sie ihren Mann wütend zurechtwies: "Du sei bloß ruhig, rauchst wie ein Schlot und würdest es nicht mal zwei Stunden ohne Zigarette aushalten."

"Ich kann jederzeit aufhören zu rauchen. Jederzeit!" bekräftigte er.

Paula sah ihren Mann spöttisch an: "Eher werde ich dünn wie eine Klapperschlange."

Herbert verschluckte sich fast vor Lachen. "Das schaffst du nie", prustete er, "da gehe ich jede Wette ein."

Frau Findig bekam Oberwasser. "Einverstanden. Wenn ich es schaffe, drei Monate keine Süßigkeiten zu essen, fahren wir im Urlaub nach Gran Canaria. Und wenn du mit dem Rauchen aufhörst, verbringen wir die Ferien in deinen heißgeliebten Tiroler Bergen."

"Und was machen wir, wenn wir beide durchhalten?"

"Abwarten, mein Lieber."

Aber so einfach war es nicht, mit liebgewordenen Gewohnheiten zu brechen.

"Ich ahnte nicht, wie schwer es mir fallen würde," stöhnte Findig drei Tage später.

Paula glaubte ihm aufs Wort. Schwebten doch unaufhörlich die köstlichsten Pralinen vor ihren Augen, und sogar der spannendste Fernsehfilm wurde nur unterbrochen, weil sich eine klapperdürre Schönheit ein dickes Schokoladenei in den Mund schieben wollte.

"Wir müssen uns ablenken", schlug Paula vor.

Gesagt, getan. Herbert verzog sich am Abend in den Hobbykeller, und Paula räumte tatendurstig den Vorratsschrank auf. Verträumt hielt sie die Packung mit den Schokoladenstreuseln in der Hand. Ob sie mal ein unbedeutendes Löffelchen naschte....? Schon hob sie die Packung hoch und und wollte gerade die braunen Krümel genüßlich in den Mund gleiten lassen, als Herbert hinter ihrem Rücken jubelte: "Hurra, ich habe dich erwischt" und dabei teuflisch zufrieden grinste.

Paula fuhr so entsetzt zusammen, daß die Streusel ihren Bestimmungsort verfehlten und ungehindert auf den Boden prasselten.

"Ich konnte nicht widerstehen", sagte sie niedergeschlagen und holte einen Handfeger, um das Malheur zu beseitigen.

Am nächsten Morgen hatte sie ihren "Rückfall" überwunden. Na und? Urlaub in Tirol kann auch schön sein. Und damit Herbert ihren guten Willen sah, würde sie ihn gleich heute mit den neuen Prospekten überraschen.

In der Mittagspause fuhr sie in die Stadt. Nanu, da stand ja Herberts Auto, direkt vor dem Reisebüro! Und da kam er auch schon heraus. Sie lief freudig auf ihn zu:

"Hallo, Liebling, wolltest du auch Reiseprospekte....", sie stutzte, "sag` mal, was riecht denn hier so?"

Herbert lächelte gequält, als er die brennende Zigarette aus der Jackentasche fischte. Aber Paula bemerkte den häßlichen Brandfleck nicht sofort, sie starrte wie hypnotisiert auf die riesigen, gelben Buchstaben des Hochglanzprospektes in Herberts Hand:

"Gran Canaria", entzifferte sie entzückt, und dann sah sie die Bescherung.

"Ach, Liebling", sagte sie glücklich, "ärgere dich bloß nicht über die Jacke, die war doch ohnehin schon alt."

Der Fremde und das Phantombild

Carola erwachte und wußte sekundenlang nicht, wo sie sich befand. Ohne den Kopf zu bewegen, wanderten ihre Augen in dem fremden Zimmer umher, bis langsam die Erinnerung wiederkehrte. Ein Hotelzimmer in München, das Fortbildungsseminar, das gestern zu spät beendet war, um noch mit dem Zug nach Düsseldorf zurückzufahren und dann....., dann hatte sie sich an die Hotelbar gesetzt, nachdem die anderen Seminarteilnehmer abgereist waren.

Neben ihr hatte ein gutaussehender dunkelhaariger Mann Platz genommen und einen Whisky bestellt. Aber er schien an einer Unterhaltung desinteressiert, wie Carola bedauernd feststellte, als sie ihm zuprostete. Er hatte sie nur, wie ihr schien, geistesabwesend gemustert und sich seinem Whisky gewidmet.

Na dann nicht, liebe Tante, hatte Carola gedacht und den Barkeeper in ein Gespräch verwickelt. Bis ihr Glas leer war. Dann war sie vom Barhocker gerutscht und wollte gerade nach ihrer Tasche greifen, als der Fremde plötzlich ihre Hand berührte.

"Bleiben Sie noch", hatte er geflüstert, "ich bitte Sie."

Carola hatte zunächst pikiert ablehnen wollen, aber dann ergab ein Wort das andere, wobei sie bewußt provozierte, um ihm die vermeintliche Schlappe heimzuzahlen. Aber er parierte liebenswürdig mit gespielt schlechtem Gewissen ihre Spitzen. Bald plauderten sie wie alte Bekannte. Die dunkle, etwas heisere Stimme des Fremden übte einen seltsam erotischen Reiz auf Carola aus, schien sie fast zu hypnotisieren. Jedenfalls konnte sie es sich nicht anders erklären, daß sie, gegen ihre sonstigen

Gepflogenheiten, den Mann zu einem Schlummertrunk auf ihr Zimmer einlud. Und dann.......

Verstohlen blickte sie auf die linke Seite des Doppelbetts. Leer. Nur das zweite Kopfkissen, das zu einer Kugel geknüllt war und ein Laken, das einem ungebügelten Faltenrock glich, zeugten von zeitweiliger Anwesenheit einer weiteren Person.

Er war also verschwunden. Zuerst atmete sie erleichtert auf. Blieb ihr doch die gewisse Peinlichkeit erspart, moralische Bedenken zu heucheln und mit einem fremden Menschen die Intimität eines gemeinsamen Badezimmers zu teilen.

Aber plötzlich war sie doch enttäuscht. Eigentlich unverständlich, wortlos abzuschwirren nach dieser leidenschaftlichen Nacht. Ronald Soundso. Nicht einmal seinen Nachnamen wußte sie. Aber hatte sie sich ihm nicht buchstäblich an den Hals geworfen? Einem ihr völlig Unbekannten? Was hätte da nicht passieren können! Moment mal, sollte er etwa ......?

Wie elektrisiert sprang sie aus dem Bett und wühlte in ihrer Handtasche. Paß, Schecks, Geld, alles vorhanden! *Mißtrauische Gans,* dachte sie und schämte sich für ihren spießigen Verdacht.

Sie sah auf ihre Armbanduhr. Gleich halb neun. Vielleicht wartete er längst im Frühstücksraum auf sie? Hatte einfach nur Hunger gehabt? Die Hoffnung, ihn wiederzusehen, beflügelte sie. Sie duschte, schminkte sich sorgfältig und zog einen dunkelblauen Hosenanzug mit weißer Bluse an, der ihr ein seriöses Aussehen verlieh und den vielleicht zwielichtigen Eindruck, den er gewonnen haben könnte, verwischen würde.

In der Empfangshalle hielt sich zu dieser frühen Stunde kein Gast auf, und im Restaurant blickte sie nur in fremde Gesichter.

Die Rezeption war zwar besetzt, aber sollte sie etwa nach der Zimmernummer eines Mannes namens Ronald fragen?

Sie frühstückte lustlos, kehrte auf ihr Zimmer zurück und schaute noch einmal wehmütig auf das breite, benutzte Doppelbett. Plötzlich hatte sie es eilig, diesen *Tatort* zu verlassen. Sie nahm sich nicht die Zeit, die Rezeption um Hilfe zu bitten, sondern schleppte den Koffer allein zum Hotelausgang und fuhr mit einem der dort wartenden Taxis zum Bahnhof.

Bis zur Abfahrt des Zuges blieben dreißig Minuten. Sie kaufte ein belegtes Brötchen für die Fahrt und das *Münchner Abendblatt* und suchte ein leeres Abteil. Von Kontakten zu irgendwelchen Fremden hatte sie erst einmal die Nase gestrichen voll.

Während sie immer noch an Ronalds kommentarlosen Abschied dachte, blätterte sie mißgelaunt die Zeitung durch. Beim Anblick eines Phantombildes stutzte sie. *Eine Fata Morgana meiner enttäuschten Phantasie,* dachte sie belustigt, schaute sich die Zeichnung aber doch näher an. Die Ähnlichkeit mit Ronald war frappierend: Dunkles, seitlich gescheiteltes Haar, tiefliegende helle Augen, kräftiges Kinn und schmale Adlernase. Auch die Größenangabe könnte stimmen.

Du siehst Gespenster, Carola, dachte sie und las den Artikel dennoch interessiert durch. Ein Gastwirt war gestern nachmittag ermordet worden. Zeugen hatten Schüsse gehört und einen Mann aus dem Lokal laufen sehen. Nach ziemlich übereinstimmender Personenbeschreibung hatte man dieses Phantombild angefertigt. *Die Bevölkerung wird um Mithilfe gebeten.*

Sekundenlang spielte sie mit dem Gedanken, nach Ankunft in Düsseldorf ein Polizeirevier aufzusuchen und auf die Ähnlichkeit mit diesem Ronald hinzuweisen, verwarf den Einfall aber schleunigst. Sie stellte sich die grinsenden Gesichter der Beamten vor, wenn sie ihren Liebhaber, dessen Namen und Adresse sie nicht kannte, des Mordes verdächtigte. Nur weil er sich sang- und klanglos aus dem Staub gemacht hatte. Energisch warf sie die Zeitung in den Abfalleimer und beschloß, das nächtliche Intermezzo als heilsame Erfahrung abzuhaken.

Während der folgenden Monate lebte Carola recht zurückgezogen. Sie hatte keinem Menschen, auch ihrer Freundin Susanne nicht, von dem Intermezzo erzählt. Die Enttäuschung saß wohl zu tief. Als Susanne sie zur Examensfeier ihres Bruders Rüdiger einlud, wollte Carola wie üblich ablehnen, aber Susi stellte so lange unbequeme Fragen, bis Carola zustimmte, um dem "Verhör" ein Ende zu setzen.

Der Tag war schnell nähergerückt, und sie hatte vergeblich versucht, eine überzeugende Ausrede zu finden. Zu allem Überfluß regnete es am Abend auch noch in Strömen. Sie verfluchte ihre Schwäche, den Überredungskünsten der Freundin nicht hart genug begegnet zu sein und machte sich zähneknirschend auf den Weg. Wenigstens fand sie einen Parkplatz direkt vor Rüdigers Haus.

Kaum hatte sie den Klingelknopf berührt, öffnete der Gastgeber die Tür. Als hätte er geahnt, daß seine Besucherin beinahe im letzten Moment umgekehrt wäre.

"Endlich, Caro! Mein Kumpel Sascha glaubt schon, die rassige Blondine, von der ich ihm pausenlos vorschwärme, existiert nur in meiner Phantasie. Sascha, dieses schöne Mädchen ist Susannes beste Freundin. Carola, das ist Sascha Duval, Deutschlands Verführer Nummer eins. Nimm` dich vor ihm in acht!"

Entgeistert starrte Carola den Fremden an. Obgleich er eine Brille trug und ein Bärtchen seine Oberlippe zierte, war die Ähnlichkeit mit ihrer Münchner Episode verblüffend.

Duval reichte ihr die Hand: "Erfreut, Sie kennenzulernen", sagte er steif.

"Na, na, nicht so förmlich, ihr könnt euch ruhig duzen", schlug Rüdiger vor und bemerkte dann Caros blasses Gesicht.

"Ist dir nicht gut?" fragte er besorgt.

"Nein, es ist nichts, ich dachte nur einen Augenblick......"

"Was dachtest du?"

"Ach nichts, hol mir lieber ein Glas Sekt."

"Der Wunsch einer schönen Frau ist mir Befehl."

Um den Aufruhr, in dem sie sich plötzlich befand, zu verbergen, nickte Carola dem Fremden kühl zu und schlenderte zu den bunten Collagen, die Rüdiger aus aller Herren Länder zusammengetragen und an seine Wände gepinnt hatte. Sie starrte die abstrakten Kunstwerke an, ohne ihren Sinn zu erfassen und war so in Gedanken versunken, daß das Geräusch eines knallenden Sektkorkens wie ein Schuß in ihren Ohren klang. Entsetzt fuhr sie herum und begegnete Duvals eiskalten Augen, sah seinen verkniffenen Mund, der sich in diesem Augenblick zu einem verbindlichen Lächeln verzog. Katzenfreundlich, wie ihr schien, kam er auf sie zu.

"Anfangs fühlt man sich auf Parties immer verloren", sagte er, "sind Sie auch in Düsseldorf beheimatet?"

Carola verstand seine Worte nicht, lauschte vielmehr der Stimme, glaubte, Ähnlichkeiten mit jener anderen Stimme zu erkennen und erst, als er seine Frage wiederholt hatte, riß sie sich zusammen.

"Ja, ich bin hier geboren", antwortete sie knapp.

Sie kämpfte gegen aufsteigende Panik und ertappte sich bei dem Versuch, sein Rasierwasser zu identifizieren. Nein, jener Ronald hatte anders gerochen. Kleidung, Armbanduhr, Schuhe, nicht der geringste Hinweis auf den Liebhaber jener Nacht. Nur mit Mühe gelang es ihr, sich auf das Gespräch zu konzentrieren.

Sascha schien ihre Abneigung zu spüren und ließ nichts unversucht, sie mit witzigen Annekdoten und zarten Komplimenten zu unterhalten. Und nachdem Rüdiger einige Male das Glas des Mädchens nachgefüllt hatte, fand sie ihren Verdacht absurd.

Aber dann geschah etwas, das ihr schlagartig die Augen öffnete: Rüdiger goß einen Whisky ein, warf zwei Oliven ins Glas und reichte es seinem Freund. Carola starrte auf das Getränk. Sie hatte sich also nicht geirrt. Ronald und Sascha waren dieselbe Person. Auch jener Ronald hatte an der Münchner Hotelbar seinen Whisky auf diese merkwürdige Art getrunken. Sie sah Saschas Blick und wußte, daß der Mann in ihrem Gesicht las wie in einem offenen Buch.

Grußlos, ja, sie nahm sich nicht einmal die Zeit, ihren Mantel vom überfüllten Garderobenständer zu zerren, stürmte sie aus der Wohnung. Verdutzt blickte ihr Rüdiger hinterher.

"Verstehst du die Weiber?" wollte er seinen Freund fragen, aber der war wie vom Erdboden verschluckt.

Carola merkte zu spät, daß ihre Autoschlüssel in der Manteltasche steckten. Sie riß die Beifahrertür eines Taxis auf, dessen Fahrer gerade ein Nickerchen hinter dem Steuer machte.

"Fahren Sie mich schnell in die Goethestraße", keuchte sie, "Nummer 85, bitte beeilen Sie sich."

"Geht gleich los", brummte der junge Mann gutmütig und startete den Motor. Die Fahrt dauerte nur zehn Minuten. Carola drückte dem Fahrer einen Hundertmarkschein in die Hand, vergaß das Wechselgeld und rannte los. Mit zitternden Fingern schloß sie die Haustür auf, stürzte in den offenen Fahrstuhl und drückte auf den Knopf. Die Zeit erschien ihr endlos, bis sich der Fahrstuhl in Bewegung setzte. Energisch zwang sie sich zur Ruhe. *Bis der Mann herausfindet, wo ich wohne, habe ich längst die Polizei alarmiert*, sprach sie sich Mut zu.

Als der Fahrstuhl hielt und die Sicherheitstür zur Seite glitt, ging die Flurbeleuchtung aus. Carola tastete sich mit ausgestreckten Armen zum Leuchtknopf. Noch ehe sie ihn berühren konnte, hörte sie den hechelnden Atem, und dann krallten sich zwei Hände um ihren Hals und drückten ihr die Kehle zu. Sie versuchte vergeblich, sich aus der eisernen Umklammerung zu befreien. Sie wollte schreien, aber der Druck seiner Finger war so brutal, daß sich nur ein heiseres Krächzen ihrer Kehle entrang.

Plötzlich ging das Licht wieder an. Duval drehte sich irritiert um, und einen kurzen Moment lockerte sich sein Griff. Geistesgegenwärtig versetzte Carola ihm einen kräftigen Stoß. Er stolperte und fiel einem anderen Mann direkt vor die Füße. Carola erkannte den Taxifahrer, der jetzt einen Knüppel auf Duval niedersausen ließ, der ihn erneut zu Boden beförderte, wo er besinnungslos liegenblieb.

Carola zitterte wie Espenlaub. Der Taxifahrer legte beruhigend einen Arm um die junge Frau, während er eine Nummer auf seinem Handy wählte.

"Kommen Sie sofort zur Goethestr. 85. Eine junge Frau wurde überfallen........, nein, ich konnte das verhindern......., ja, den Mann habe ich aus dem Verkehr gezogen. Ja, natürlich warten wir hier." Er steckte das Telefon in die Jackentasche.

"Woher.........?" stammelte Carola.

Der Taxifahrer war noch außer Atem, schließlich hatte er vier Treppen im Eiltempo bewältigt.

"Ich hatte bemerkt, daß uns ein Wagen verfolgte. Vermutete aber einen Ehestreit. Als ich in dieser ruhigen Straße mein Nickerchen fortsetzen wollte, sah ich plötzlich, wie ein Mann hinter Ihnen herhetzte und in dem hellerleuchteten Haus die Treppen hochraste, während Sie den Fahrstuhl benutzten. Mir wurde schlagartig bewußt, daß Sie in panischer Angst gewesen sein mußten, wenn Sie auf achtzig Mark Wechselgeld verzichten."

Mein schönstes Geschenk

Man schrieb das Jahr 1953. Es war ein besonders kalter Winter, und zur Freude der Kinder waren Seen und Flüsse zugefroren. Die Sportplätze der Stadt wurden mit Hilfe von Wasserschläuchen zu Eisbahnen umfunktioniert. Ich hatte im Keller ein paar alte Schlittschuhe gefunden und zog los, um erste Schritte auf den schmalen Kufen zu wagen. Meine Mutter warnte:

"Sei vorsichtig, sonst reißen die Absätze ab. Du weißt, wir haben kein Geld für neue Schuhe."

"Ja, ja."

Große und kleine Läufer drehten bereits auf dem Fußballfeld ihre Runden. Ich lehnte mich gegen den Zaun, Räume mit Bänken gab es nicht, und schraubte die vorsintflutlichen Eisenteile mit Hilfe eines Vierkantschlüssels in Sohlen und Absätze meiner Alltagsschuhe. Optimistisch lief ich los.

Die ersten Minuten waren recht erfolgreich. Es gelang mir immer im letzten Augenblick, durch kräftiges Rudern mit den Armen Balance zu halten, aber dann lockerte sich mal der eine, mal der andere Schlittschuh und verschwand in den seitlich aufgetürmten, grauen Schneebergen. Und weil sich die Eisbahn wegen der vielen Läufer zusehends verschlechterte, fiel ich dauernd hin und mußte immer öfter die inzwischen vereisten Schlittschuhe am Schuh befestigen.

Sehnsüchtig schielte ich auf alle, die mit glänzenden neuen Stiefeln, an denen Kufen fest montiert waren, leichtfüßig über das holprige Eis glitten. Ich fror entsetzlich, wollte aber noch eine Runde drehen, bevor ich den Heimweg antrat.

Da passierte es: der Absatz riß ab. Mit nassen Füßen, die Sohlen aus Pappmaché, flüchtig am Obermaterial angenäht und nur mit Holznägeln gesichert, waren natürlich längst durchgeweicht, kam ich weinend zu Hause an. Aber das erwartete Donnerwetter blieb aus.

"Zum Glück hast du den Absatz mitgebracht. Wir lassen den Schuh morgen reparieren", tröstete meine Mutter. Und weil ich nicht aufhörte zu weinen, versprach sie mir, sich nach gebrauchten Schlittschuhstiefeln umzuhören.

Ich freute mich riesig. Bis ... bis mich meine Mutter am Tag vor Heiligabend liebevoll in den Arm nahm:

"Ich habe alle Händler abgeklappert. Aber es gibt keine gebrauchten Stiefel in deiner Größe. Lieber sage ich es dir schon heute, damit deine Enttäuschung morgen nicht so groß ist."

Für mich brach eine Welt zusammen. "Ist schon gut", rang ich mir ab.

Am nächsten Morgen saß ich stumm am Frühstückstisch. Mutter schaute mich verständnisvoll an.

"Wenn du groß bist, hast du die Enttäuschung vergessen", versuchte sie zu scherzen, "jetzt muß ich aber los. Du könntest nachher schon mal den Baum schmücken. Er steht im Ständer auf dem Balkon."

"Ist gut."

Freudlos trug ich die Fichte ins Wohnzimmer, hängte Kugeln und Lametta an, stülpte das silberne Krönchen auf die Spitze und befestigte zwei Dutzend Halter für schmale Wachskerzen an den Zweigen. Den restlichen Tag verbrachte ich trübsinnig mit Nichtstun und Selbstmitleid. Nicht mal Marlene wollte ich besuchen, hätte ich doch den Grund für meine triste Stimmung eingestehen müssen. Und dazu war ich zu stolz. Marlenes Vater verdiente als Arzt viel Geld und hätte seiner Tochter ohne mit der Wimper zu zucken ihren größten Wunsch erfüllen können.

Wie jedes Jahr wartete ich in der Küche, bis meine Mutter mit dem zarten Glasglöckchen den Heiligabend einläutete. Und weil ich sie um keinen Preis verletzen wollte, sie hatte sowieso schon genug zu kämpfen, uns beide mit der knappen Arbeitslosenunterstützung durchzubringen, bemühte ich mich redlich, ein freundliches Gesicht aufzusetzen, ehe ich das Wohnzimmer betrat.

Die Wachskerzen brannten und tauchten den Raum in warmes Licht, es roch nach angekokelter Tanne, Pfefferkuchen und kostbarem, seltenen Bohnenkaffee und dann........, ich wollte meinen Augen zuerst nicht trauen, dann sah ich sie: Niegelnagelneue, cremefarbene Stiefel mit angeschraubten Stahlkufen, die im Schein der Kerzen blitzten.

Glückstrahlend fiel ich meiner Mutter um den Hals. Die Stiefel paßten wie angegossen, und ich behielt sie den ganzen Abend an. Das zerkratzte Linoleum bemerkten wir erst am nächsten Tag.

Meine Mutter mußte auf vieles verzichten im folgenden Jahr, sie hatte die Stiefel auf Abzahlung gekauft. Aber das wußte ich damals nicht.

Übrigens habe ich vor fünf Jahren zum letzten Mal mit diesen Schlittschuhen auf der Eisbahn ein paar Runden gedreht. Man sieht ihnen nicht an, daß sie über vierzig Jahre alt sind. Ein wenig unsicherer lief ich zwar als damals, aber das liegt sicher nur an dem nicht mehr ganz neuen Schliff .

Das Klassentreffen

Uwe Sander brachte seine Tochter zur Tür. "Ich begreife nicht, warum wieder ein Klassentreffen stattfindet, ehe der Mörder von Ute Meyer gefaßt ist. Sie wurde zweifelsfrei nach dem letzten Treffen umgebracht. Mir wäre lieber, du gehst nicht zu der Veranstaltung."

Birgit lachte. "Aber Vati, ich kann schließlich nicht bis an mein Lebensende zu Hause sitzen", sagte sie sorglos, "und wenn das Gerücht stimmt, daß der Mörder bei der Polizei zu suchen ist, kriegen die den sowieso nie."

"Auf keinen Fall kürzt du den Weg durch den Stadtpark ab, hörst du? Wenn das Fest zu Ende ist, rufst du an. Ich hole dich ab."

"Einverstanden. So, nun muß ich aber los."

Birgit freute sich auf das Klassentreffen. Vor allem auf die lustige Hedda Pfeifer, und vielleicht war diesmal sogar ihr ehemaliger Freund Benno dabei.

Im Vereinszimmer des Landgasthofs herrschte bereits lebhaftes Stimmengewirr. "Hier ist noch ein Platz frei, Birgit", winkte ihr Hedda zu. "Du, ich muß dir unbedingt etwas erzählen." Sie schwatzten und kicherten wie in alten Zeiten.

Fotos von Klassenreisen machten die Runde, und Steffen Adler, der Schwarm aller damaligen Schülerinnen, imitierte einige Lehrer so täuschend echt, daß sich Birgit vor Lachen die Tränen aus den Augen wischen mußte.

"Guten Abend, Birgit", sagte plötzlich eine dunkle Stimme hinter ihr. Überrascht drehte sie sich um.

"Benno, wie schön, dich zu sehen. Wir haben ja ewig nichts voneinander gehört." Herzlich schüttelte sie dem Jugendfreund die Hand.

Benno Fuhrmann. Gut sah er aus, nur ein bißchen verändert durch den blonden Bart, den er sich in der Zwischenzeit zugelegt hatte. Sie waren bis zum Ende der Schulzeit unzertrennlich gewesen. Dann mußte Benno zur Bundeswehr. Birgit begann eine Lehre als Arzthelferin und verliebte sich Hals über Kopf in den Sohn ihres Chefs. Sie hatte Benno einen Abschiedsbrief geschrieben, aber nie eine Antwort erhalten.

"Was treibst du denn so?" fragte sie neugierig, "Steffen sagt, du bist bei der Polizei?"

Benno zog sich einen Stuhl heran. "Ja, bei der Kripo. Eigentlich hätte ich heute Dienst schieben müssen, aber ich wollte nicht wieder beim Klassentreffen fehlen und habe getauscht. Und du? Bist du noch Sprechstundenhilfe bei Doktor Schmidt?"

"Nein, ich lasse mich zur medizinisch-technischen Assistentin ausbilden."

Sie unterhielten sich so angeregt, daß Birgit erst auf die Uhr sah, als die Kellnerin kassieren wollte. "Schon halb zwei, ich muß gehen." Birgit reichte Benno die Hand. "Also tschüs", sagte sie, "du kannst mich ja mal anrufen."

Er hielt ihre Hand fest. "Ich bringe dich heim. Wenn du nicht einen endlosen Umweg machen willst, mußt du durch den Stadtpark, und das ist nachts viel zu gefährlich. Warte hier, ich hole nur rasch mein Auto."

Benno bremste seinen Sportwagen so scharf neben ihr ab, daß die Kieselsteine des Parkplatzes in alle Richtungen stoben.

Etwas zögernd stieg Birgit ein. Hoffentlich hat er nicht zuviel getrunken, dachte sie nervös.

Er wartete schweigend, bis sie sich angeschnallt hatte und fuhr dann los. Irgendetwas schien anders zu sein als im Lokal, eine Spannung lag plötzlich in der Luft, die Birgit als beunruhigend empfand.

Benno warf ihr einen forschenden Blick zu. "Möchtest du wirklich, daß ich dich anrufe?" fragte er.

"Natürlich. Sonst hätte ich das nicht gesagt." Sie bemühte sich, ihr Unbehagen zu verbergen.

"Bist du denn nicht mehr mit dem Muttersöhnchen von Doktor Schmidt zusammen?"

"Nein, das ging nur ein paar Wochen."

"Als ich deinen Brief bekam, brach für mich eine heile Welt zusammen. Es hat fast zwei Jahre gedauert, bis ich darüber hinweg war, zwei verlorene Jahre. Ich habe dich damals regelrecht gehaßt." Benno hielt unvermittelt an. "Warum hast du mir eigentlich den Laufpaß gegeben?"

"Ach, Benno, ich war in Thomas verliebt. Bitte, fahr weiter, ich bin sehr müde."

"Ich will es aber genau wissen." Heftig, fast grob faßte er an ihr Kinn und zwang sie, ihn anzusehen. "War er ein besserer Liebhaber?"

"Laß mich sofort los", wütend schüttelte Birgit Bennos Hand ab, öffnete die Tür und stieg aus, "mir reicht`s, ich laufe."

"Warte, ich habe es nicht so gemeint", rief Benno ihr nach, "komm` zurück, Biggi." Aber der dunkle Park hatte sie bereits verschluckt.

Einen Moment hatte Birgit überlegt, zum Lokal zurückzulaufen und ihren Vater anzurufen. Aber dann wäre sie Benno bestimmt wieder in die Arme gelaufen, und das wäre der Letzte, von dem sie sich jetzt noch nach Hause bringen ließe.

Sie stapfte den kaum beleuchteten Parkweg entlang, wobei ihre hohen Absätze dauernd im Kies steckenblieben. *So ein Mist,* murmelte sie vor sich hin, *seinetwegen kann ich mir jetzt eine Standpauke von meinem Vater anhören. Und meine Schuhe sind auch im Eimer.*

Die Kirchturmuhr schlug zweimal. Vielleicht hat der Frauenmörder Nachtdienst, wenn er wirklich bei der Polizei ist, dachte sie sarkastisch.

Bei der Polizei! Benno sieht man nie mit einem Mädchen, hatte Hedda erzählt. Wie finster er aussah, als er so rabiat ihren Kopf festgehalten hat. Wenn nun Benno....? Unsinn. Rasch unterdrückte Birgit die aufsteigende Panik.

Im fahlen Licht der Mondsichel bewegten sich die kahlen Äste der Bäume wie tanzende Gespenster, und als plötzlich dicht neben ihr Zweige knackten und Laub raschelte, blieb sie ängstlich stehen. Aber es war nur ein Igel, der durch einen Laubhaufen wuselte. *Jetzt lasse ich mich schon von einem Igel ins Bockshorn jagen.*

Da war das Geräusch knackender Zweige wieder, und diesmal wußte sie sofort, daß es kein Tier auf Nahrungssuche war. Sie hörte den keuchenden Atem und drehte sich in Todesangst um.

Er stand keine drei Meter von ihr entfernt: Die schwarze Maske mit schmalen Sehschlitzen über den Kopf gezogen, leicht gebückt, wie ein Raubtier, das zum Sprung ansetzt.

Birgit wollte schreien, aber ihre Kehle war wie zugeschnürt. Der Mann stierte sie an, schien sich an ihrem Entsetzen zu weiden, und dann packte er sie, routiniert wie ein Judokämpfer, und stürzte mit ihr zu Boden. Sie war unter der Last seines Körpers gefangen.

Ich muß mich wehren, dachte sie verzweifelt. Als er ein paar Zentimeter zur Seite rutschte und sich am Reißverschluß ihrer Hose zu schaffen machte, versuchte sie vergeblich, den schweren Körper abzuwälzen.

Plötzlich, wie durch ein Wunder, war sie frei. Einen Moment blieb sie wie gelähmt liegen, wagte kaum, die Augen zu öffnen, zumal sie den keuchenden Atem ihres Angreifers noch hörte, aber dann sah sie im flackernden Schein einer defekten Laterne zwei dunkle Gestalten verbissen miteinander kämpfen. Sekunden später kippte einer von ihnen um wie ein gefällter Baum. Birgit hörte ein metallisches Klicken und eine Stimme, die sie kannte.

"So, Freundchen, endlich habe ich dich erwischt."

"Benno, bist du das?" fragte sie zitternd.

"Ja, keine Angst, ich bin sofort bei dir."

Außer Atem riß er dem besinnungslosen Mann den Strumpf vom Gesicht.

"Steffen Adler", schnaufte er verblüfft, "was bin ich für ein Idiot. Ich hätte es wissen müssen. Wir haben den Mörder immer in den Reihen der Polizei gesucht, weil mehrere Zeugen einen Mann in Uniform gesehen haben wollen. Steffen ist im Sanitätsdienst. Uniformen sind leicht zu verwechseln, überhaupt bei Dunkelheit."

Er half Birgit aufzustehen und schaute sie besorgt an. "Ist dir auch nichts passiert?" fragte er.